官兰贞

著

芬馨贞韵

中国文联出版社
http://www.clapnet.cn

图书在版编目（CIP）数据

兰馨贞韵 / 官兰贞著 . -- 北京：中国文联出版社，
2024.6. -- ISBN 978 - 7 - 5190 - 5539 - 4

Ⅰ . I227

中国国家版本馆 CIP 数据核字第 2024WL4688 号

著　　者　官兰贞
责任编辑　李　民　周　欣
责任校对　秀　点
装帧设计　中联华文

出版发行　中国文联出版社有限公司
社　　址　北京市朝阳区农展馆南里 10 号　　　邮编　100125
电　　话　010 - 85923025（发行部）　　　85923091（总编室）
经　　销　全国新华书店等
印　　刷　三河市华东印刷有限公司

开　　本　880 毫米 × 1230 毫米　　1/32
印　　张　11.25
字　　数　173 千字
版　　次　2025 年 1 月第 1 版第 1 次印刷
定　　价　70.00 元

作 者 简 介

官兰贞，福建福州市人。福建省作家协会会员，酷爱音乐、美石、古典诗词及书画。书法榜书作品多次在福州画院展出，并在"2019新春杯全国书画艺术大赛"中荣获特等奖。国画作品登在省级 CN 刊物《参花》上，并多次在福州画院展出。两百余首诗词散见在《作家文摘》报、《诗刊》《中华辞赋》《中华诗词》《名家名作》《青年文学家》《长江丛刊》等国家级、省级 CN 文学刊物上。三百多首诗词收录在《中国诗歌精选》《当代十八人诗歌选》《青年文学家新锐作家作品选》等。

捣练子·雅俗相牵

花似梦，柳如烟。花甲光阴一瞬间。

酱醋油盐庸不厌，曲诗书画雅相牵。

2018 年，四尺榜书作品《寿》字在福州画院展出

2024 年迎国庆笔会

2021 年《腾飞》书法作品
在福州画院展出

2019 年书法作品《佛》
字在福州画院展出

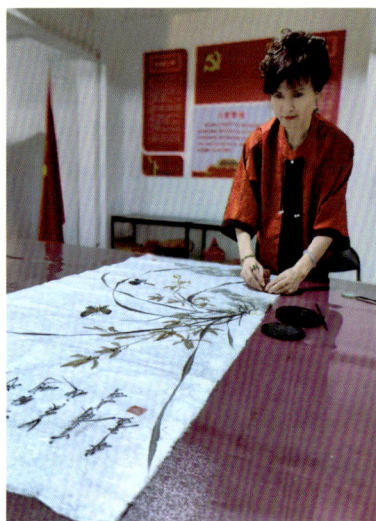

2023 年迎中秋笔会

《梅香溢远》画参展

2019 年福州家族联谊会上

2018 年福州光明书画院书画交流会

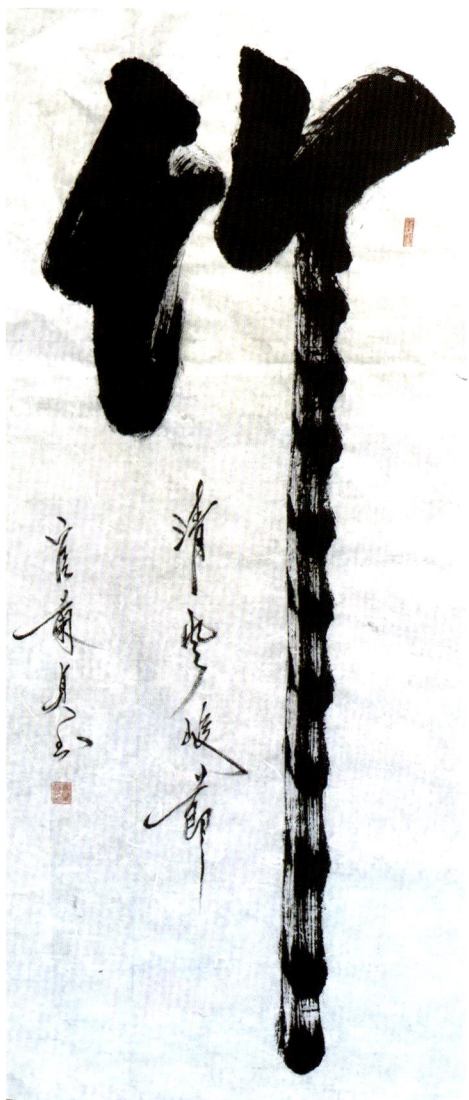

《竹》宣纸尺寸：96cm×60cm

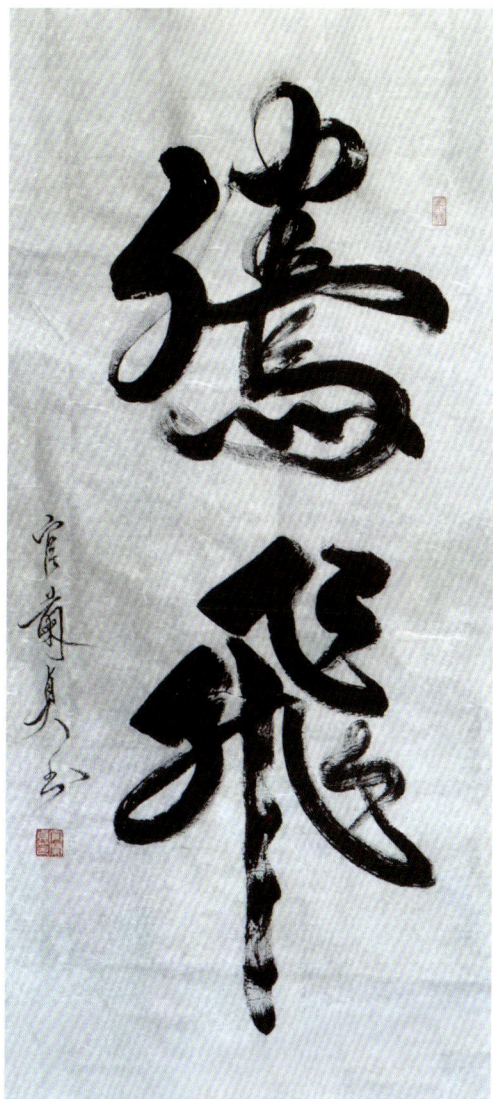

《腾飞》宣纸尺寸：96cm×60cm

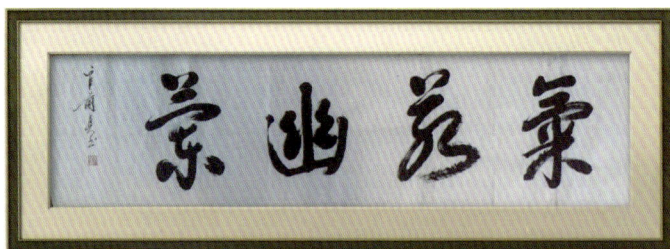

《气若幽兰》宣纸尺寸：136cm×33cm

《龙》宣纸尺寸：136cm×68cm

《剑胆》宣纸尺寸：136cm×68cm

《天道酬勤》宣纸尺寸：136cm×33cm

《宁静致远》宣纸尺寸：136cm×33cm

《悟道·佛·静思》 总尺寸：180cm×136cm

《虎》宣纸尺寸：80cm×33cm

《虎》宣纸尺寸：68cm×50cm

《虎》宣纸尺寸：136cm×53cm

《虎》宣纸尺寸：136cm×68cm

《飞》宣纸尺寸：136cm×68cm

《佛》宣纸尺寸：96cm×60cm

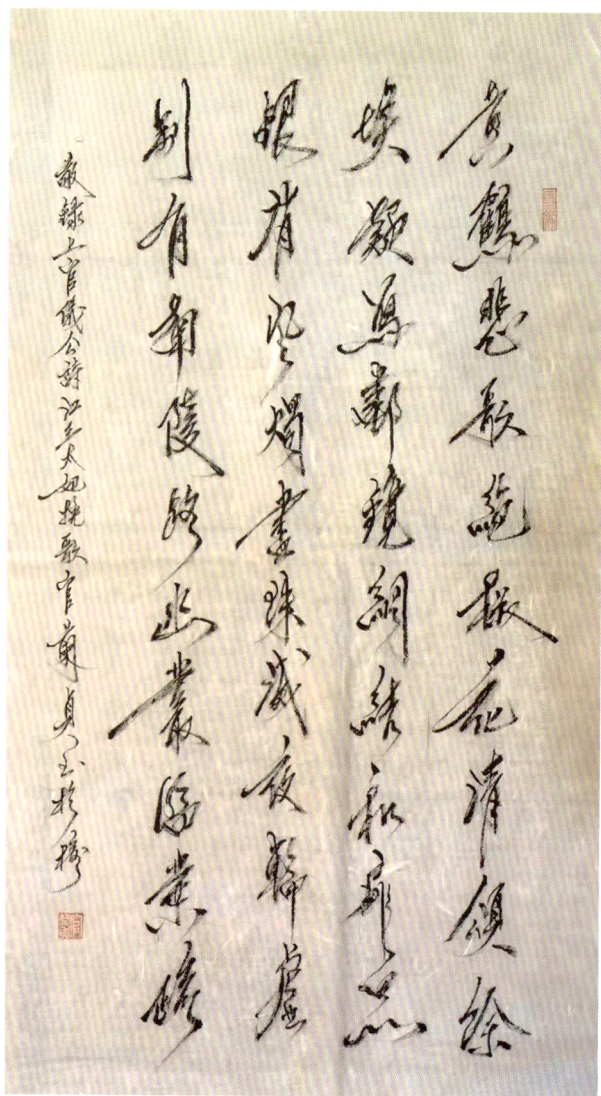

敬录《上官仪公诗》宣纸尺寸：56cm×26cm

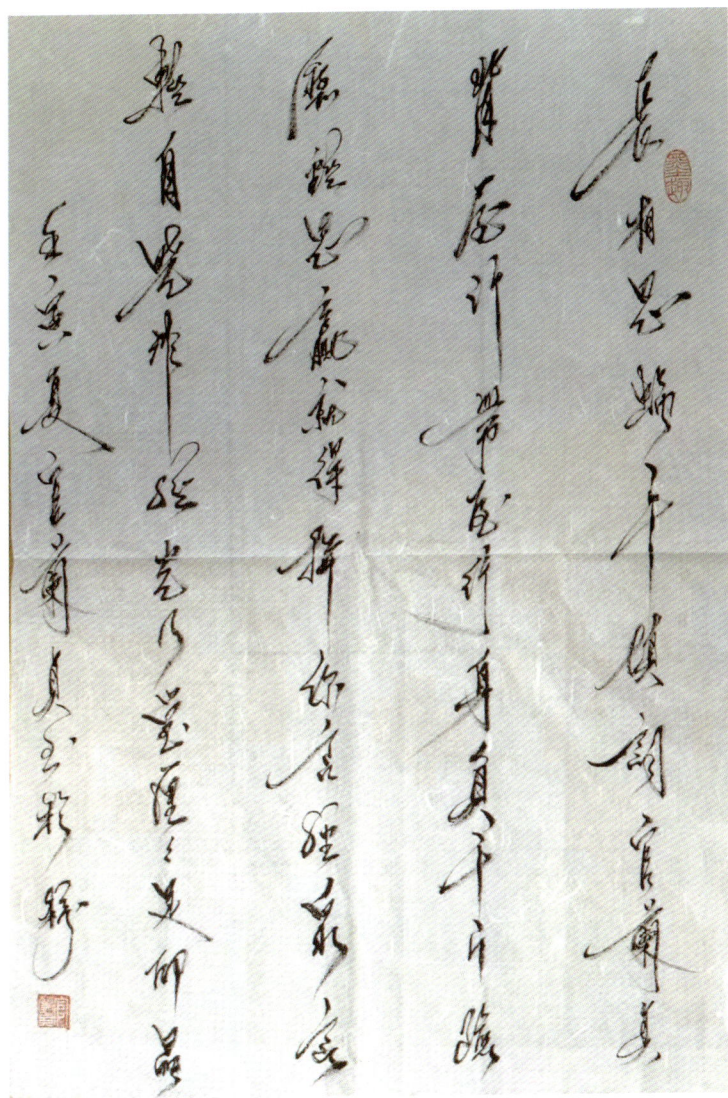

《官兰贞（上官兰贞）词》宣纸尺寸：56cm×30cm

《佛》宣纸尺寸：96cm×60cm

《福中寿》宣纸尺寸：136cm×68cm

《福禄寿》宣纸尺寸：35cm×35cm

《福》宣纸尺寸：68cm×68cm

《寿》宣纸尺寸：69cm×33cm

《寿》宣纸尺寸：69cm×33cm

《寿》宣纸尺寸：136cm×68cm　　　《福》宣纸尺寸：136cm×68cm

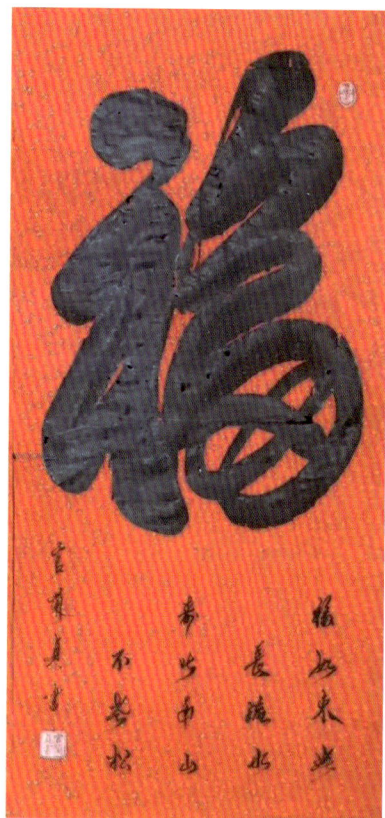

《兰》宣纸尺寸：50cm×56cm

《兰》宣纸尺寸：50cm×50cm

《兰》宣纸尺寸：50cm×56cm

《兰》宣纸尺寸：50cm×50cm

2023 年 10 月，四尺《兰花画》在福州画院展出

2024 年，四尺《兰竹画》作品在福州画院展出

《兰》宣纸尺寸：90cm×60cm

《兰》宣纸尺寸：136cm×68cm

《兰韵幽芳》宣纸尺寸：136cm×68cm

《清香溢远》宣纸尺寸：136cm×68cm

《兰馨竹韵》宣纸尺寸：136cm×68cm

序

兰香四溢　诗心如兰

上官晓梅

接这个任务，其实我是诚惶诚恐的，因为我不涉及格律诗词，但又一想，文如其人，对于作者我是比较了解的，所以还是欣然接下了。

与作者网络接触几年下来，好比一株兰种在了我心间，可以说作者是我生命中最尊敬、最佩服的多才多艺，气质如兰的女子。在微信群里，比她小的比她大的都喜欢喊她"兰姐"。我自是不用说，喊她"兰姐"。大家都喜欢喊她"兰姐"，是因为她值得这个称呼，她就像一位姐姐关爱温暖着身边的人。

作者不仅有一颗诗心，更有一颗悲天悯人、好善乐施的心。对家族事业、家人以及亲友都怀着一颗真诚友善之心。家族事业募捐她从不缺席。亲戚朋友及同族人中若有人遇上疾病困难发起募捐时，她每每义不容辞，这样的例子很多，举不胜举。我非常欣赏《感动中国》的一句颁奖词：茫茫人海，总有人会让世界温暖着美好着！作者就是让世界温暖着美好着的人！

作者的悲天悯人，在她的诗词中，我们可见一斑。例如，《悼贾玉柱老师》："又睹题词忆老师，婆娑泪眼悼追思。满园桃李肝肠断，天上英灵是否知？"《悲怀我二姐官惠贞》："悄然乘鹤驾匆匆，难诉悲伤脑已空。千载良缘成姊妹，全身热血脉相融。情怀仙界望穿眼，念姐心贤一世功。云挡层层音貌杳，追思无尽梦乡中。"《突降冰雹》："风雨夹冰侵大地，果蔬重损睹惊惶。本应丰获成奢望，苦作农民悲泪汪。"

都云舍得精神高尚，有舍才有得，而作者的境界高于舍得，她只讲舍不求得。你若回报感恩她，她反而难受，她认为自己给他人带去了压力和麻烦。

什么力量使作者有如此高尚的品德呢？常与作者聊天后

才明白，原来在作者的心中信奉着这样两条定律：第一是她秉承父亲的品德，重感情、存感恩！滴水之恩当涌泉相报！第二可以说是作者的座右铭，"智者千虑，必有一失；愚者千虑，必有一得，我有一得足矣"。我们不难看出作者的智慧与良好的心态，也不难看出作者属于务实型，高调做事！至于结果，"有一得足矣"。这是多么难能可贵的乐观心态，尤其是处在物欲横流的当下。

作者的务实精神，不仅体现在生活中，也充分体现在艺术创作上。自2011年除夕偶然写了第一首《除夕之夜赠女儿》诗后，便一发不可收，至今也就十三年的时间，她写下了三千首，涉及古体诗、宝塔诗、叠字诗、叙事诗、现代诗、接龙诗以及格律诗、词、曲。两百余首格律诗词发表在国家级、省级CN纯文学刊物上。三百多首格律诗词收录在《中国诗歌精选》《当代十八人诗歌选》《青年文学家新锐作家作品选》等。

为了写好诗，作者买了许多关于诗词方面的书本苦读，对诗词如痴如醉，常常苦读勤练到深夜，不知疲倦却乐在其中。从她的诗中我们可见一斑，例如，《我的书写平台》："远离街市繁喧闹，五尺平台酿韵芳。迷恋诗书君莫笑，脑勤手动迈康庄。"《诗书画余生》："两鬓盈霜逸趣长，追元步宋逐隋唐。敲声捕韵灯前乐，绘画临书纸上香。苦作十年终结果，回眸双眼泪成行。夕阳虽说离昏近，绚丽余光万丈芒。"《诗》："如饥似渴著新篇，酷爱诗词梦里牵。迷琢仄平神欲醉，痴敲律仗已魂颠。琴棋书画皆成韵，曲酒花茶尽入联。妙句寻来颇得意，还疑耳顺返童年。"《六十感怀》："吟诗作赋临书帖，养性修身心静怡。六十谁言人已老，笔端也要起涟漪。"这是作者60岁时写下的豪言壮语，她做到了。

作者有极高的诗词天赋，一个没有诗词基础的人，在已经没有年龄优势的情况下，在十三年的时间里，写下了3000首，真的非常了不起。但我想，能做到这一点，除作者有诗词天赋外，还有一个很重要的因素，那便是作者的生活中有诗，作者的情感中有诗！作者热爱生活，热爱她身边

的人和一花一草一木，热爱祖国的大好河山。这才有了作者
从春天的山花烂漫，写到寒冬的落叶枯草，例如，《春行》：
"满山花绽艳，烟雨笼瑶台。遍地铺新翠，春行入画来。"《谷
雨》："逐水浮萍聚，飘绦棹泊舟。桃含娇靥媚，梨绽稚芽
柔。杜宇催耕种，农夫挥汗流。秧苗初插嫩，春雨贵如油。"
《题图·唇形红叶》："红枫仙子抹朱唇，婀娜多姿俏可人。
亦假亦真迷众眼，风情万种韵弥醇。"从春华秋实写到夏艳
冬霜，例如，《西湖即景四十首·其三十七》："媚眼柔腰
青发长，澈湖当镜美梳妆。引来几只空中燕，愿给垂杨做伴
娘。"《咏莲花》："珠缀盘如玉，荷羞绽蕾台。蛙萌歌白藕，
蜓趣逗红腮。"《秋景十六首·其十三》"蝉鸣鸟寂倦花容，
枫叶犹燃耀长空。霜染枝头情似火，骚人醉赋老来红。"《赞
梅》："风凌雪虐雾浓浓，一片皑皑亮眼瞳。莫道严冬无艳
色，冰镶梅朵更妖红。"从灯红酒绿写到人间烟火灶台琐事，
如，《邮轮联欢》："曲唤楼心月，霓灯闪炫睛。高歌讴盛世，
曼舞颂升平。"《捣练子·雅俗相牵》："花似梦，柳如烟。

花甲光阴一瞬间。酱醋油盐庸不厌，曲诗书画雅相牵。"

总之，在作者的生命里，哪怕一片树叶飞落、一阵微风拂过，一朵浪花、一只萤火虫、一幅画，不经意的一次漫步都是诗，例如，《西湖即景四十首·其二十一》："李白桃红养眼滋，莺歌燕舞柳飘丝。极眸远望家乡景，多少情怀欲入诗。"《飞蝶感思》："白绒薄翼双飞舞，饮露田园戏野香。莫问柔情曾永久，此生短暂又何妨？"《哥嫂家三角梅》："秋风柔拂满阳台，三角红梅蕾绽开。香沁心脾姿醉眼，花仙婀娜梦中来。"《题宗亲军礼照二首·其一》："营中留影礼端庄，悦色和颜炯目光。鲜艳领章徽闪闪，军魂永系绿戎装。"仅仅有关西湖的诗就有一百首。

除诗词外，作者同时在书画艺术上亦有一定的造诣，写得一手龙飞凤舞的大榜书。她的榜书书法作品，多次在福州画院展出，且荣获"2019新春杯全国书画艺术大赛"特等奖。

都说"书画同源"，作者于2021年开始学国画，她画的兰花，不失清新优雅，极富灵性。《题己兰花画》："绰态掠灵眸，初芽溢韵柔。幽轩添雅气，笔润墨醋稠。"兰花画作品刊在《参花》省级 CN 刊物上，并多次在福州画院展出。

诗难写，尤其是戴着镣铐的舞蹈，——受到严格的框框限制的格律诗词曲，但作者却在退休后的十三年的时间里，写就叙事诗、现代诗、古体诗、接龙诗等一千七百首和格律诗词曲一千三百首，其中不乏上乘佳品。例如，《端午感怀》："巧构玲珑五角房，花生米豆实精装。张张翠叶包祥瑞，节节牢绳系福康。浅饮雄黄瘟毒阻，高悬艾草疫邪防。感怀端午追思远，屈子忠魂万古芳。"无论是诗的内涵还是想象力，以及韵律都有极高的欣赏价值。又如，《余生》："一笔一书一砚笺，吟风诵月度余年。红尘逐愿心尤累，盛世随缘寿愈延。墨海泛舟舟驶稳，诗山漫步步行坚。魂萦韵律遐思远，梦越时空面古贤。"对仗工整，辞藻脱俗而朴素易懂。再如，《荷塘月色》："夜色降荷塘，清幽媚韵长。澈波邀皓月，蛙鼓赞花香。"有极强的画面感，使人顿然置身于一个夏天的夜晚，清澈的荷塘倒映着明亮的月亮，蛙鸣此起彼伏，花香四溢田野。

像这样的美诗还有很多，可见作者对诗词的迷恋和执着，以及用功之深！我为之感动。正如她笔下的诗《墨缘》："两鬓银霜结墨缘，秃毫欲把砚磨穿。莫言花甲人将老，养性修身驶福船。"又如，《西江月·学海放舟》："昔日悲离母校，今朝端坐书堂。无涯学海斗波昂。誓达文洋岸上。莫道夕阳西下，余晖绚丽仍长。勤耕磨砺隐锋芒。美景温馨共唱。"作者的整个身心都徜徉在诗海中，她何止是要"秃毫欲把砚磨穿"，而是要枕在诗乡"欲醉春风一万年"！

2023 年 10 月

上官晓梅，福建邵武人，中国作家协会会员，经济师。著有长篇小说《大唐婉儿》《山潮》，中短篇小说集《心锁》等。

目 录

律 诗

词　牌

曲 牌

绝

句

（平水韵）

笔　耕

灯下静追念，挥毫抒意柔。

唯悲词汇少，岁月美难讴。

感写诗

搜肠寻妙句，遣兴抒豪情。

纵享诗中乐，惊怜白发生。

题己兰花画

绰态掠灵眸，初芽溢韵柔。

幽轩添雅气，笔润墨醋稠。

题己腾飞书法作品

笔饱墨醋藏，惊鸿一瞥狂。

腾飞成妙韵，书品夺眸光。

春 行

满山花绽艳，烟雨笼瑶台。

遍地铺新翠，春行入画来。

初 春

春来苏万物，蕾绽漫芳菲。

情动赋无句，鹏歌诗已飞。

早 春

春雷惊晓梦，雨露润新芽。

一夜春风舞，青葱醉万家。

立 春

梅花依旧香，桃蕾点新装。

暖日化霜雪，迎春遍地芳。

立 夏

锦鲤嬉蛙鼓，初荷角尚尖。

熏风吹柳绿，暮雨润瓜甜。

寅 年

群芳绚染天，婀娜舞翩翩。

逐愿放飞梦，寅年展锦篇。

重 九

九九又重阳，登高祈福祥。

情牵贤二姐，心念俺爹娘。

重 阳

姐妹重阳聚，相融血水亲。

祈祥登顶处，伤感少一人。

猴 子

攀树快如风，机灵耳目聪。

山溪常戏月，敢闹紫微宫。

咏 鹅

倩影照清河，凌波曼舞婀。

白毛浮绿水，个个会吟哦。

亮火虫

点点星光闪，低飞潮湿丛。

犹寻遗失梦，提着小灯笼。

萤火虫

犹星天降落，夜照暖人心。

蛙鼓蟋歌赞，萤光美胜金。

青 蛙

阔嘴笑呵呵，深情劲鼓歌。

池边讴白藕，田里护青禾。

刺 猬

力微身薄弱，行走慢悠悠。

遇敌亮刀剑，尊严岂可丢。

打鸣鸡

翘尾羽毛亮，红冠五彩装。

高歌昂首傲，破晓唤朝阳。

咏蜘蛛

莫道容颜丑，生来多计谋。

牵丝悬八卦，静待美丰收。

庐　山

悬空瀑似缎，花艳翠苍松。

笔下神仙洞，风光醉眼瞳。

咏　月

月挂柳梢头，银光照九州。

倚栏游子望，情系故乡柔。

望　月

枝头悬皓月，遐想绪千千。

心系初衷愿，情怀绮梦翩。

桥形彩虹

绚丽掠眸瞳，依稀幻境中。

疑桥天上降，通往月仙宫。

咏　雪

随风飘入夜，次日景清新。
梨白梅红艳，疑逢第二春。

咏　露

晶莹圆小巧，美丽媲珍珠。
嵌叶镶花媚，阳光照影无。

风　筝

随风展俊容，振翅向长空。
纵有凌云志，堪怜掌控中。

荷塘月色

夜色降荷塘，清幽媚韵长。
澈波邀皓月，蛙鼓赞花香。

金 秋

枫醉舞红绸，金英意更柔。

牵枝香果笑，农户喜书眸。

咏 云

千姿朦似梦，倩影漫天涯。

化雨能浇地，青苗吐嫩芽。

北极光

绚丽撼天垓，烟花犹绽开。

如诗如梦境，难抑美诗裁。

咏极光

异彩掠惊瞳，如葩五色融。

终端磁北处，似焰耀长空。

悯 鸟

暴雨狂风袭，饥寒鸟泣喧。

嗷嗷儿未哺，母爱泪眸奔。

雁 阵

红桃缀韧枝，紫燕垒巢痴。

雁过列人阵，凌云写妙诗。

堆雪人

扯缎做衣裤，撕绸当脖巾。

圆头红小帽，憨态颇迷人。

咏雪人

纽扣嵌当眼，头描丹做簪。

萌呆憨有趣，没脏也无心。

胡 杨

深情凝海面，似盼梦中人。
何惧霜风虐，千年不屈身。

红 枫

似锦红枫艳，情深意更痴。
殷殷燃胜火，点亮九州诗。

绿 萝

窗前秀雅姿，缕缕锦丝垂。
去浊除污净，清新好入诗。

红 豆

殷殷掠众眸，楚楚缀枝柔。
凝望相思豆，虔祈绮梦圆。

葡 萄

播下葡萄籽，珍珠满树盈。

秋来摇翡翠，放眼亮晶晶。

提 子

藤蔓曲犹龙，黄花鲜润瞳。

微风轻拂过，阵阵果香浓。

雪 莲

玉洁美幽姿，冰心天地知。

凌寒花更艳，香韵酿佳诗。

芦 花

瑟瑟秋风扫，芦飘韵更柔。

心中怀绮梦，怎奈雪盈头。

山 花

弄影青山上，风吹绽蕾开。

莫言无客赏，自有蝶蜂来。

茉莉花

甚羡昙花媚，颇迷栀子香。

辛尝酸苦辣，方懂淡清祥。

蟹爪兰

寒来苞绽放，日照愈娇妍。

花聚凝香韵，催春姹紫嫣。

咏水仙花

凌波羞照水，绮态自生成。

月下嫦娥醉，光滋润眼明。

古　榕

千载参天树，龙须万丈翩。

霜风滋绿叶，雨露拨心弦。

秋海棠

豪情燃似火，绰态动蟾宫。

百卉难争妒，飘香韵更浓。

康乃馨

柔枝盈瑞彩，绮态寓天心。

一阵微风起，馨香醉客吟。

攀墙蔷薇

花嫩叶犹绸，纤藤细蔓柔。

身微怀远志，携梦勇攀楼。

风中叶

凄风兼苦雨，落叶欲归根。

萧瑟飘难定，惶惶泪满痕。

虎皮兰

身披迷彩服，亮剑向长天。

心有千千梦，奇葩不胜妍。

咏虎皮兰

娇容犹碧玉，绰态掠眸光。

雨润阳光照，含羞绽蕾芳。

金边虎皮兰

金边镶翡翠，出鞘剑锋芒。

绮梦心中有，香飘万里长。

咏冰花

窗扉千卉媚，日出影无踪。

幻象仙人笔，幽姿掠润瞳。

梅雪恋

冰雪慕梅艳，依依吻蕊痴。

炽情惊雅士，执笔赋佳诗。

一叶知秋

菊韵意朦胧，清江锁雾浓。

知秋枫一叶，染遍九州红。

攀墙三角梅

红瓣黄娇蕊，清香绮韵长。

志高心更大，竞艳奋攀墙。

咏荷花

绿沁脂红绽，婷婷别样妍。

含羞遮半面，香溢傲长天。

咏莲花

珠缀盘如玉，荷羞绽蕾台。

蛙萌歌白藕，蜓趣逗红腮。

咏残荷

叶残枝老折，花谢泪盈塘。

莫叹荷枯萎，来年更吐芳。

落红凋翠

败叶不堪睹，残红心更寒。

纵迷花卉赋，凄景构思难。

雨中荷

风吹婀舞媚，珠佩衬娇颜。

泥长无污染，香飘满世间。

午夜昙

清风拂露台，莹露润花腮。

夜半弥香韵，诗从梦里来。

仙人掌

处瘠不怨地，防侵亮刃芒。

并非无义物，四季郁苍苍。

梅谢桃开

春蚕吐锦丝，彩蝶恋葩痴。

梅谢桃花艳，东风第一枝。

梅送春

寒风犹割面，冷雨甚欺人。

梅绽情真挚，迎来一缕春。

兰馨竹韵

丹青水墨融，香漫醉瑶宫。

竹韵兰馨雅，怡心滋养瞳。

题己兰画

展卷宣香溢，清新一蕙枝。

幽姿牵雅兴，惬赋美兰诗。

题己兰竹画

香兰弥四野，翠竹向长空。

君子两相惜，谦贞撼紫宫。

兰花和竹子都有花中君子的美称。

咏荷花

凌水展仙姿，蜓迷鲤更痴。

无瑕香淡雅，骚客咏佳诗。

己写意画

苍松傲岭巅，鸿雁向长天。

持杖健行客，逍遥乐似仙。

西湖即景

风拂柳婀飘，孤舟湖上摇。

含羞云里月，犹见素娥娇。

镜中花感言

皆道花容美，奴家费百思。

感恩人赠镜，己艳此方知。

西湖花圃灯与花相映像花照镜子。

鸟　巢

稀奇自古无，赤县一明珠。

亮相惊瑶界，雄宏举世呼。

咏故宫

金殿掩辉煌，刀光剑影藏。

沧桑埋野史，不见历朝皇。

圆明园

难言奢华景，英法劫成烟。

国耻应牢记，遗珍梦里牵。

杜甫草堂

草屋居高手，诗情誉九州。

慈悲怜百姓，义胆侠肝柔。

长　城

似龙横万里，笑傲欲腾飞。

多少男儿汉，千年魂未归。

三沙岛

眺览三沙岛，风光润眼酥。

观音扬玉露，意引美前途。

沧浪亭

仙遗美亭般，游人尽兴欢。

玲珑弥古韵，檐角矗云端。

云南石林

亭上遥眸望，身犹入剑丛。

雄姿妍意境，惊叹鬼神工。

咏农家乐

甜瓜香果脆，土鸭活鱼鲜。

尝遍农家菜，逍遥赏自然。

咏飞行员

终圆年少梦，含笑傲长天。

脚踏白云朵，还疑瞬变仙。

咏邓丽君

美嗓似天籁，红颜亮舞台。

歌声融爱意，旋律梦中来。

上官晓梅赠书

千里寄名著，宗亲情挚深。

如饥精拜读，增识慰吾心。

翁妪牵手

光阴催岁暮，两鬓染秋霜。
静看花凋落，悠然赏夕阳。

父母大爱

父母无疆爱，情深意更痴。
操心愁一辈，双鬓满银丝。

悼袁隆平

巨星乘鹤去，泪眼悼袁公。
尘世失仁杰，天堂五谷充。

颂贾玉柱老师

殊才识学优，厚德欲无求。
秉意传严正，甘为孺子牛。

观画展

闲来扬雅兴，书画赏凝眸。
翰墨弥香远，丹青漫韵柔。

逛西湖

花艳草青青，绦婀引百灵。
何方传美笛？古色古香亭。

咏焰火

焰啸绘仙宫，星穹一片红。
千家传喜报，万树鸟惊弓。

咏新居

湖岸矗新村，柔风潜入门。
倚窗敲古韵，灯下曲词温。

玉摆件

斑斓五彩艳，巧色最弥珍。

摆件万姿媚，千刀塑玉身。

咏碧玺

七彩韵弥幽，晶莹剔透柔。

珊瑚夸不得，碧玺最滋眸。

咏珍珠

溢彩珍珠媚，丝穿粒粒融。

佳人缠玉腕，典雅衬娇容。

松鹤图

比翼向长空，东升旭日红。

云霞相沁美，不老一苍松。

问 花

红装迎客笑，韵美意尤长。

问是何仙子，含羞淡淡香。

湖岸垂柳

长发落千丈，红鱼羡吻痴。

黄鹂尤爱护，帮理秀青丝。

玉带桥顶

登顶望乡愁，犹闻父语柔。

当年馨画面，幕幕映双眸。

竹林听雨

翠竹润灵眸，绵霖曲径幽。

朦胧佳意境，诗韵醉心头。

问 天

雨虐千花败，风凌万叶飞。

抬头询玉帝，何日漫芳菲。

游人入画

霖滋千蕾开，风拂万绦裁。

莺唱春光媚，游人画里来。

阳台藤花

从未种过葩，墙上蔓藤花。

何处飞来籽，温馨送我家。

漫步田间

莺唱百花鲜，鹃催农种田。

禾苗芽劲吐，犹见稻翩翩。

咏 烟

吐雾犹仙醉，红唇成紫唇。

劝君当痛戒，烟草最伤身。

花甲有怀

一生曾坎坷，回首绪千千。

岁已临花甲，还余几个年？

题己竹画

一竿牵百叶，曲立韵丰盈。

疑是微风过，传来秋响声。

感元宵节

万树霓灯烁，云霄七彩颜。

蟾宫烹玉液，喜庆满人间。

华 诞

一路旗招展，千灯缀树明。

欢歌迎盛诞，劲舞颂升平。

雨中初蕾

初蕾随风落，香消韵已灰。

芳容还未展，何以雨狂摧。

百鸟同歌

红桃青柳婀，澈水荡漪波。

百鸟登枝唱，迎春同首歌。

池塘雀歌

登枝鹂雀唱，萌曲动池塘。

叶下蛙欢鼓，荷仙拂锦裳。

知　恩

羊羔跪乳义，乌鸦反哺真。

感恩禽尚懂，更况世间人。

亲　恩

父母无私爱，情真意更痴。

为儿多孝顺，免憾恨时迟。

感画兰

绰态美倾城，幽姿国色惊。

欲临风拂叶，提按艺须精。

感教师节

三尺讲台上，精心育栋梁。

李香桃更艳，不负满头霜。

早 市

提篮采购来，精选笑颜开。

摊位多瓜菜，生鲜满柜台。

老 井

青阶增藓厚，历尽几风尘？

蟀唱蛙欢鼓，犹讴掘井人。

迎春花

妩媚纤腰瘦，含羞戴串金。

迎风婀似蝶，香溢沁脾心。

梦见二姐

凭栏朝我笑，惊喜意朦胧。

问姐去何处，蓬莱仙子宫。

元宵夜

万树霓虹闪，千街挂彩灯。

扭秧歌曼舞，玉宇礼花腾。

余生路

年高心未老，无惧满头霜。

养性修身健，余生福寿长。

邮轮联欢

曲唤楼心月，霓灯闪炫睛。

高歌讴盛世，曼舞颂升平。

和二姐桃林合影

翻箱观旧照，难抑泪强吞。

桃李依然在，心中百感掀。

月下花

风吹姿百媚，娇蕾绽羞开。

月下千花醉，犹脂抹满腮。

赏春光

细雨殷殷浇，春风楚楚飘。

新枝镶满玉，花绽鸟声娇。

雨中西湖

阳春阴雨天，漫步在湖边。

喜沐东风暖，闲观水画圈。

少年湖边打水漂

两岸影婆娑，湖边逸趣多。

少年精湛艺，一石掷千波。

采 风

水映丹青画，风摇梦韵融。

鹂歌迎远客，大雁啸长空。

采 览

澈水映蓝空，蜂萦百卉丛。

寻幽观胜景，拾韵纳囊中。

灵 感

神州无限美，绮韵沁心扉。

慧眼灵光闪，珠玑字意飞。

健 笔

蘸墨点兰韵，铺笺惬赋吟。

灯前临古帖，健笔慰初心。

随 感

年已超花甲，欣尝苦辣甜。

养身修性健，虽老乐还添。

寻 诗

揽胜索诗韵，敲音赋妙篇。

情牵无限景，夜梦百花仙。

怀 旧

榕城多丽景，最爱是西湖。

人老总怀旧，魂牵泪眼糊。

知 音

作画赋诗吟，挥毫愉悦心。

何须悲岁老，逸趣是知音。

春风十六首

其 一

风拂柳眸笑，亲花吻卉痴。

摇波天欲醉，百鸟咏新诗。

其 二

微风裁柳丝，细雨润桃枝。

小草吐新绿，江温鸭早知。

其 三

坚冰厚雪融，春语醒眠虫。

丽景凭君绘，妖娆醉眼瞳。

其 四

搀苗伸懒腰，扶柳舞婀飘。

劲拂千山绿，轻吹百卉娇。

其 五

执笔写佳诗，催花开满枝。

化霖滋大地，神韵宛如词。

其 六

媚柳换新装，夭桃弥韵长。

春风轻拂过，万里漫芳香。

其 七

枝摇鹂带笑，桃李绿参差。

万柳抽新翠，千禾吐嫩芽。

其 八

融雪化冰霜，催花绽蕾芳。

喜同霖作伴，共舞送康祥。

其　九

飘游天地里，扫浊涤凡尘。

有意催花馥，无心闻醉人。

其　十

精描春景画，莺赞柳装新。

蜂蝶萦花舞，东君挥彩巾。

其十一

春风婀舞翩，润物意绵绵。

百卉群芳艳，黄蜂恋粉鲜。

其十二

润物无声细，从来不见痕。

吹香花百朵，叩响万家门。

其十三

款款春风舞，绦丝柳影裁。

含羞桃绽艳，似醉杏红腮。

其十四

雨润群芳艳，风滋百卉容。

青春留不住，逝去总匆匆。

其十五

万里漫芳菲，翱空大雁归。

春来花正艳，美景酿诗飞。

其十六

携霖婀舞飘，浇地润青苗。

柳眼含羞笑，茵茵绿草摇。

春 归

美丽春姑到，人书大雁归。

鹂莺摇翠幔，桃李绽芳菲。

春 风

缕缕春风笑，鲜花朵朵开。

青山铺翡翠，紫燕柳精裁。

春 回

翠柳软腰肢，红桃情更痴。

鹂歌多浪漫，北雁写佳诗。

咏 春

日照金波闪，风吹万里春。

梅凋仍傲骨，桃杏启红唇。

圆 月

当空皓月悬，美酒溢香鲜。

团聚全家乐，欢杯祝寿延。

望 月

一缕柔风过，金英绽蕾嘉。

故乡圆月满，游子浪天涯。

凝 月

冰轮照九州，异客几多愁？

团聚梦乡里，鲛珠盈两眸。

望 月

月色美如绸，繁星眨眨眸。

银霜双鬓染，韶岁不回头。

暖　阳

绿柳对湖妆，红桃绽蕾芳。

暖阳欢笑貌，遍野闪金光。

傲雪蜡梅

笑傲冷冰刀，凌寒气也豪。

幽姿娇妩媚，沐雪写风骚。

西湖即景

风拂绽桃柔，抽丝柳眨眸。

湖光山色媚，香韵醉神州。

西湖即景·桃说

人夸桃甚美，奴喜百思柔。

澈水欲当镜，偏来一游舟。

咏 竹

节高风骨傲，刚里亦藏柔。
不与花争艳，虚心誉九州。

雨中耕牛

负重犁田地，全身汗似浇。
甘霖含泪睹，凉爽赠飘飘。

春游野炊

览胜野炊乐，鹛馋羡味纯。
清泉掺露滴，更胜酒销魂。

聂德耀老师诗书

铁画美银钩，诗庄词媚牛。
龄长心不老，养性寿悠悠。

西湖即景八首

其 一

两岸李桃艳，鹂歌赞卉鲜。

湖波摇翡翠，情系写佳篇。

其 二

鹂莺鹊共鸣，桃笑柳眸睁。

香漫蝶蜂舞，骚人意纵横。

其 三

春描绿柳妆，澈水映朝阳。

一袭红衣女，花前闻蕾香。

其 四

千柳舞春风，群芳香韵融。

八方游览客，醉赏满园红。

其 五

风吹桃蕾绽，李树拔新枝。

燕赴去年约，牵鹂织柳丝。

其 六

八景古风韵，西湖美若诗。

骚人讴竞赋，先父了无知。

其 七

西湖桃盛开，粉嫩媚羞腮。

含情报春信，诗花落玉台。

其 八

蒙蒙细雨频，雾锁水波粼。

最是金腰带，争迎二月春。

"金腰带"迎春花别名。

文联两会四首

其 一

春风滋大地，雨露润神州。

文界传佳报，欣圆梦志酬。

其 二

喜鹊登枝唱，群芳绽蕾菲。

文坛开两会，骚客竞诗飞。

其 三

京城聚众贤，馨景现眸前。

雅士新篇谱，扬帆奋举鞭。

其 四

京都聚众贤，定策启鸿篇。

墨客挥神笔，文坛筑梦妍。

想象诗友聚会

总算相谋面，温馨带笑归。
欢歌同碰盏，逐梦锦诗飞。

梦 父

绵霖夜感伤，怅倦梦馨乡。
泪眼父悲语，吾儿发也霜。

咏 怀

蹉跎半世怜，忍见日西偏。
哪敢再偷懒，飞舆奋举鞭。

窗 外

柳丝金嵌玉，霞彩沁云柔。
晨起观窗外，春光润眼眸。

抒　怀

莫悲斜日落，更待玉盘明。

举盏歌盛世，挥毫遣逸情。

随　咏

风凌千叶败，雨虐百花残。

岁月随秋老，银河转玉盘。

闲　咏

花凋枝寂寂，叶落树凄凄。

唯有天难老，虽然日也西。

咏　怀

雅兴闲情美，诗词曲醉吟。

龄高人未老，追梦放飞心。

随　吟

众赞群芳美，怜花脆弱身。

纵然人百寿，还没二轮春。

祭　灶

献上荸橙蔗，糖糕酒几杯。

年年虔奉供，终盼贵人来。

幽　景

幽幽风景媚，润眼醉脾酥。

静赏湖中画，心中烦恼无。

撷　词

花香彩蝶知，柳翠黄鹂痴。

纵目皆诗意，轻轻撷束词。

登 高

款款秋风催菊开，南飞鸿雁写人徊。

桥头望远千千绪，朵朵诗花心底来。

干 花

无泥无水仍娇媚，虽没花香弥韵珍。

岁岁芳华恒不败，依稀看到那年春。

烟 花

怒绽奇葩千万朵，奔腾热烈醉天涯。

莫言短暂辉煌貌，瞬点心中梦火花。

西湖即景

媚柳纤绦装已换，枝头燕语赞阳春。

青山含黛曈曈日，桃李含苞羞启唇。

采 莲

园中桃树果香浓，池里娇荷别样红。

美女采莲歌悦耳，诗情缕缕沁心中。

冬 藏

野寂田荒落叶黄，秋收稻谷正冬藏。

回眸过去常挨饿，今日菽粮堆满仓。

柳 眼

细雨柔风柳眼睁，李桃含笑报春声。

枝头莺鹊吟诗颂，润土回酥万物萌。

题极简画

曲线如流水样柔，寥寥数笔写春秋。

还疑天上神仙景，遗落人间画里头。

春景二十四首

其 一

神州如画彩云飘，碧树妆成分外娇。

澈水飞舟惊白鹭，骚人醉咏乐逍遥。

其 二

春风拂绿荡清波，南燕回归又垒窝。

百鸟争鸣花竞艳，青绦翠柳舞婆娑。

其 三

楚楚春风百卉柔，黄鹂鸣翠柳梢头。

绵绵细雨绽芽嫩，遍野青葱舞绿绸。

其 四

无边美景润眸酥，饮露群芳佩宝珠。

意挚东君多眷顾，躬腰翠柳谢春姑。

其　五

绽艳群芳引百灵，黄鹂摇幔响风铃。

妖娆胜景收眸底，画面如诗倍感馨。

其　六

地作生宣霖作墨，七颜花瓣色来调。

画家是那天仙女，绘就江山无限娇。

其　七

初升海面日瞳瞳，翠柳随风秀婉容。

树上鸟儿歌赞美，桃夭李艳杏花红。

其　八

江南三月风光美，百鸟登枝赞早春。

暖日甘霖滋大地，花团锦簇醉游人。

其 九

春风报信绕湖堤，绽放桃花醉眼迷。

翠柳纤绦邀紫燕，又来一对美黄鹂。

其 十

明媚春光醉眼眸，蜂飞蝶舞绕芳洲。

诗情满满心中溢，展纸挥毫泼墨稠。

其十一

雨露阳滋绘锦图，花娇叶翠润如酥。

鹂莺燕鹊欢歌赞，二月春风万物苏。

其十二

百花齐放春来报，彩蝶纷飞入眼迷。

嫩柳纤绦摇翠幔，北飞大雁写人奇。

其十三

西湖赏景已神痴，信手裁来一束诗。

魂系初衷牵绮愿，豪情满满梦飞驰。

其十四

燕子穿绦鸣翠柳，春江水暖鸭先知。

花开蕾绽蝶蜂羡，骚客纵情赋美诗。

其十五

绵绵雨润群芳媚，款款风滋百卉姝。

丽景勾魂催妙笔，画家喜绘美春图。

其十六

春风似剪柳精裁，紫燕迷芳迎面来。

美景牵魂心已醉，诗花词朵漫瑶台。

其十七

美丽春姑舞锦绸，穿绦紫燕赞枝柔。

茵茵小草群芳艳，万里香飘醉九州。

其十八

醉眼风光画里留，阳滋雨润百花柔。

新装媚柳知春意，邀燕同欢舞绿绸。

其十九

翠柳婀飘引百灵，萌容亮嗓似银铃。

春江水暖谁先晓，鸭子嬉波梳美翎。

其二十

三月阳春桃李媚，莺紫翠柳织帘柔。

沿湖醉赏千般景，疑入蓬莱梦里头。

其二十一

绽放群芳沐暖风，纤绦翠柳草葱葱。

情牵雅士作诗画，妙韵丹青撼紫宫。

其二十二

东君送暖喜千家，万物萌苏景色嘉。

园里荔樱桃李树，不知何日果牵丫。

其二十三

良田万亩菜花灿，犹抹层层千足金。

款款东风红日笑，流莺摇幔奏清音。

其二十四

桃羞杏媚柳含烟，落水霖描圈接连。

三月分明春色美，却勾异客怅千千。

秋景十六首

其 一

风弦雨拨似弹琴，曲曲犹倾异客心。

落叶悲秋愁更重，雁书人字盼佳音。

其 二

残荷败柳枯枝折，万朵金英绽蕾芳。

似火红枫情炽炽，人书大雁返家乡。

其 三

一夜风吹万木凋，他乡游子欲魂销。

百花别树东流去，又见梧桐落石桥。

其 四

红枫一叶已知秋，泛彩青山绿水柔。

谢幕荷花仍有韵，飞鸿奋翅傲神州。

其　五

北雁南翔书锦字，归心奋棹一孤舟。

红枫灿烂冲霄宇，秋韵浓浓醉眼眸。

其　六

秋风阵阵菊飘香，媚柳婀翩金沁黄。

澈水摇波天欲碎，翱空白鹭列成行。

其　七

长风万里送秋寒，失色群芳百卉残。

魂系诗词情欲动，难寻佳句意愁然。

其　八

凉风送爽桂花香，菊艳枫红绮韵长。

尽染层林如画美，人书大雁剪云裳。

其　九

瑟瑟秋风万木憔，绵绵细雨客魂销。

凋花落瓣东流去，一叶孤舟水上飘。

其　十

枫红菊媚雁南归，尽染层林映翠微。

昨夜强风萧瑟雨，谁怜别树瓣花飞。

其十一

秋风劲拂摇千树，落叶悲声诉别愁。

北雁凄鸣南往急，一丝惆怅上心头。

其十二

月季荷花仍有韵，木槲秋菊倍妖娆。

红枫似火情尤烈，触动诗心魂已销。

其十三

蝉眠鸟寂倦花容，枫叶犹燃耀长空。

霜染枝头情似火，骚人醉赋老来红。

其十四

款款秋风织锦绸，层林尽染彩云柔。

荷枯枝折仍存韵，鲜果萌萌醉眼眸。

其十五

风扫残花枯叶落，依依化蝶诉愁衷。

丹枫难忍萧凄景，染遍千山万里红。

其十六

金秋十月桂花美，叶嫩枝柔媚蕊黄。

雨润风滋羞绽艳，香飘万里胜春光。

采 风

郊外春光醉眼眸，霖滋小草嫩如绸。

鱼儿戏水波漪闪，百鸟登枝展美喉。

踏 青

群芳绽艳美斑斓，山路幽长窄又弯。

瀑溅风吹凉惬意，风光醉赏忘家还。

春 游

衔泥紫燕筑新宫，胜景幽幽弥韵浓。

油菜花开金灿灿，莺萦翠柳舞春风。

馨 景

枫红似火金秋至，尽染层林映翠微。

最是温馨风景线，相扶翁妪把家归。

年　味

炮点焰燃撼紫宫，礼花绽放七颜融。

佳肴美酒团圆乐，尽享天伦意更浓。

迎　春

结彩张灯耀眼瞳，家家门上贴联红。

冲霄焰炮礼花绽，团聚欢杯惬乐融。

新　春

锣鼓声声接兔年，春风化雨百花鲜。

干杯祝福全家乐，焰炮冲霄不夜天。

元　宵

万盏霓虹牵满树，萌娃结伴挑灯笼。

烟花炮竹报春信，诗朵翩翩入梦中。

满园春色

一夜霖浇洗净埃，抽枝绽蕾柳眸开。

满园春色诗心动，律韵随风入墨来。

空谷幽兰

荒山深谷育香韵，婀娜纤腰动玉筝。

翠叶幽花空对月，孤姮俯瞰梦魂惊。

咏开元寺塔

寺塔千秋弥古韵，苍颜寂影叙沧桑。

风霜雪雨冰凌过，新梦尤添意更长。

踏青欢饮清溪水

溪流永奏叮咚曲，澈似甘泉饮半升。

去恼除尘灵感迸，诗佳词妙信心增。

石林留影

石阵如林峰似剑，镜前姐妹秀姿妍。

树葱花艳鸟欢唱，缕缕清风把梦牵。

咏清洁工

霜风无阻起清早，扫屑除尘净万家。

希望怀盈皆丽景，敢教废品绽奇花。

湖边四角亭

群鱼戏水柳婀飘，四角腾飞向碧霄。

放意奇怀闲暇日，流觞吮墨乐逍遥。

题图·蜂梅之恋

蜂迷香粉吻红腮，几许情缘不用猜。

莫道梅花无绿叶，寒枝独傲撼蓬莱。

咏熬九粥

红枣花生五谷粮，粥稠味美意尤长。

此情触现儿时景，怎比亲娘那碗香。

咏腊八粥

八种食材文火煮，出锅时刻溢醇香。

当年幕幕景浮现，满满温情牵断肠。

感三八节

莫道裙钗天性弱，须眉不让展英姿。

兰心蕙质凌云志，谱写人生最美诗。

感清明节

菊花束束寄情真，奉果捎钱祭故亲。

极目陵园颇感怆，冢前多少断肠人。

端午抒怀

唱罢离骚又问天，忧民爱国虑无眠。

百舟相竞快如艇，米粽怀君也怅然。

端午有怀

五月端阳米粽香，雄黄一盏疫邪防。

离骚悲咏屈原泪，勇士飞舟士气昂。

中秋乐赋

一轮明月挂天空，引领文坛醉意浓。

笔舞墨飞齐赞颂，弦歌诗起闹娥宫。

无月中秋

嫦娥寂寞蟾宫弃，伤感婵娟泪眼盈。

仰望夜空无际暗，难为众盼月圆明。

清　明

带雨梨花泪满瞳，哀思无尽绪千重。

虽知隔界亲难探，仍望长天盼信鸿。

清明节

清明时节雨丝柔，昔日温情映眼眸。

纵使钱捎无数万，也难疗慰悔悲愁。

清明扫墓

点烛燃香烧纸币，坟前跪拜泪盈眸。

风吹松柏沙沙响，疑似爹娘细语柔。

吊丧触怀

噩耗传来悲怆感，哭声阵阵触心池。

魂销梦断人终有，泪水流成无尽思。

中　秋

朦胧月色美如绸，追忆嫦娥泪满眸。

异客思乡掀百绪，孤杯独酌难言愁。

感七夕

一年一度鹊桥会，难诉相思面已憔。

最是离乡游子苦，每逢七夕更心焦。

心中有梦

匆匆秋步天将冷，雨打风吹落叶黄。

似箭光阴何所惧，心中有梦意飞扬。

放飞梦想

往事回眸绪似麻，蹉跎半世悔无涯。

纵然奔七满霜发，照样飞扬绮梦花。

春

日照清波呈异彩，青山染润彩云柔。

风牵柳燕剪绦带，万树繁花织锦绸。

雨

绵绵不断雨丝扬，那是天仙洒玉浆。

唯恐随流东逝水，将它收入锦诗囊。

朝 霞

一抹朝霞缀碧空，烟锁湖面影朦胧。

诗情画意随风起，行吟极目晓日红。

落 日

冷雨霜风狂肆虐，花凋叶落鸟悲啼。

人生自古谁无死，何惧斜阳已向西。

月

繁星点点眨萌眸，忆起昔情万绪柔。

月缺月圆今古事，人间但愿少忧愁。

雪

银装素裹无涯媚，塞北严冬美胜春。

应是天皇怜百姓，琼花玉树饰凡尘。

初 雪

琼花朵朵漫天舞，雪兆丰年喜万家。

似玉晶莹催好梦，冰中梅绽蕴春华。

望 月

玉盘光满美犹绸，异客思乡泪溢眸。

但喜嫦娥舒广袖，心中夙愿梦皆酬。

随　咏

三月东风剪柳丝，桃红李白绽莺痴。

骚人尽管赏风景，自有春姑裁妙词。

闲　咏

迷上诗词书画曲，三年疫困又何妨？

兴来临写羲之卷，养性强身才是王。

听　雨

凭栏静听雨飕飕，惬意方才即转愁。

游子思乡魂总系，何为尤喜上高楼。

宗亲大丰兄拍雷峰寺烛台照

蜡似佳人座像池，朦胧烛火宛如诗。

肤犹脂藕娇羞态，《长恨歌》思神已痴。

烛像美人，台像浴池让我想起白居易的《长恨歌》。

感 怀

人在旅途皆美景，群芳四季韵难同。

老还有学面无耉，绮梦思圆意更柔。

咏 怀

轮回前世虚缥缈，百岁人生一缕烟。

花甲年超终有悟，精心浇灌健康田。

自 遣

花开花谢水东流，已逝韶华万事休。

作赋吟诗书绘画，修身养性体康求。

盛夏榕城马路边飘香芒果树

枝繁叶茂溢芳香，似伞撑开好纳凉。

果汁甘醇好解渴，有心留与路人尝。

每到盛夏福州路旁芒果树果实让人垂涎欲滴。

郊　游

姐妹郊游沐暖风，沿途赏景步从容。

早春二月芳菲少，幸有莺飞草木葱。

咏　云

万里长空霞彩柔，白云似梦荡悠悠。

随风散卷千般景，变化无穷醉眼眸。

天降冰雹

风凌雹袭百花凋，大地铺冰分外娇。

老小顽童欢似雀，还疑天赠水晶条。

突降冰雹

风雨夹冰侵大地，果蔬重损睹惊惶。

本应丰获成奢望，苦作农民悲泪汪。

荷 塘

寻芳锦鲤跃湖波，款款风吹婀舞荷。

哪处传来委婉曲，红衣女唱采莲歌。

酒 茶

悲伤恐怒上心头，一醉方休解百愁。

美酒纵然千万好，应知茶饮药无求。

竹韵美篇

竹林茂密润双眸，婉转清音细雨柔。

赏罢美篇流忘返，心随丽景晃登楼。

上天门山

飘飘迷雾幻朦胧，鬼斧神工景掠瞳。

拥抱自然多惬意，还疑误入美仙宫。

初 雪

卿本蓬莱仙子姝，悄来尘世绣冬图。

莫怜春到化乌有，玉洁冰清已不辜。

吟 雪

君从海角到天涯，素裹银装醉万家。

钦慕梅花高品质，相依相伴共芳华。

咏 雪

貌似梨花缀满枝，镶花嵌蕾宛如诗。

冰清玉洁无污染，雅士骚人意总痴。

动物造型面点

珍禽异兽喜迎春，憨态萌姿皆有神。

信手捏来堪入画，品尝不忍尽馋人。

春 雨

万柳千绦绿沁黄，桃夭李媚舞霓裳。

何方神圣抛银线，赠与春姑绣锦装。

雨 珠

柔情细雨串银丝，花佩珍珠怎不痴。

浪漫诗怀骚客醉，铺笺执笔赋佳词。

雾 淞

雨雪交加寒瑟瑟，依稀梦里见芳华。

黎明睡眼观窗外，疑是嫦娥赠我花。

赞咏环卫工人

戴月披星少顾家，千街打扫疾飞车。

骄阳似火衣犹浸，却把汗珠作礼花。

石　林

鬼斧神工雄伟貌，湖邀碧宇客迷痴。

遥眸痴望石林阵，恰似凌空剑万支。

小九寨

威虎山中风景美，鱼儿戏水树葱茏。

高歌瀑布从天落，疑入蓬莱仙子宫。

黄鹤楼

黄鹤楼墙墨韵留，萋萋芳草溢香柔。

当年崔颢今何在？唯有诗书传万秋。

姐妹石林留影

望峰亭上赏迷离，绿树抽枝欢鹊鹏。

搭背勾肩留美照，官家姐妹笑嘻嘻。

滇 池

红唇鸥鸟竞歌频，结伴盘旋迎远宾。

万物相依谐共建，温馨画面倍弥珍。

秦淮河

波光潋滟月蒙纱，渔火斑斓水上家。

昔日繁华今不在，秋琴一曲送黄花。

乌衣巷

古巷虽还依旧在，当年王谢府无踪。

似曾相识归来燕，依旧寻梁巢筑中。

漫步竹林听雨

林荫翠竹掠灵眸，细雨蒙蒙鸟语柔。

习习风吹情已醉，盎然诗意暖心头。

天 鹅

白毛曲颈舞姿婀，身段如仙映澈河。

难怪蟾蜍存异想，骚人自古喜讴鹅。

咏天鹅

一双红掌拨清波，圆眼明眸喜唱歌。

何以仙鹅来俗世，源于此地乐多多。

咏白天鹅

妆扮湖边梳丽羽，逍遥自在秀风姿。

笼鹅趣事传佳话，逸少书宗是否知？

彩蝶图案窗帘

画兰桌上弥香韵，彩蝶纷纷迎面来。

难道群芳无觅处，丹青误作美花腮。

蜗牛

随身小屋躲天敌，无惧狂风暴雨浇。

寡欲清心知满足，不焦休躁乐逍遥。

果树鸟

风吹碧树叶弹琴，硕果萌姿养眼心。

阵阵清香迷百鸟，枝头笑立美诗吟。

飞蝶感思

白绒薄翼双飞舞，饮露田园戏野香。

莫问柔情曾永久，此生短暂又何妨？

窗台卖萌小鸟

群芳尽谢叶枯黄，秋菊含羞绽蕾香。

饥鸟卖萌窗户上，唯期人类喂些粮。

鲤　鱼

自在逍遥戏澈波，香螺薯饵诱坑多。

如能大展宏图志，跃过龙门谁奈何？

塘中鲤

澈水穿梭欢自在，曾经荣耀意飘飘。

佳肴美味有人送，捕食无须志已消。

池中鲤

鳞闪尾摇眸烁烁，锦裳一袭灿如霞。

遇人投食争纷抢，秒绽池塘万朵花。

观鲤鱼展

清湖悲别困缸中，无石无虾无草丛。

昔跳龙门惊紫殿，追思往事泪盈瞳。

田 蛙

日照群芳润眼眸，蜂飞蝶舞鸟欢讴。

井中蛙子今终醒，跳到田边赏九州。

蝶双飞

含羞蓓蕾不沾埃，楚楚丰姿妩媚腮。

彩蝶缠绵双恋舞，尤思山伯与英台。

蝶恋花

奇葩异卉沐朝晖，翠柳青绦百鸟归。

蝉羡蝶蜂多惬意，逐花采蜜伴芳菲。

鸭闹清湖

呆头呆脑傻乎乎，嬉闹欢鸣戏澈湖。

弄破碧空揉碎日，摧残一色水天图。

桃 花

一树桃花万里香，含羞绽蕾醉斜阳。

莺歌燕语鹏欢唱，送暖春风弥韵长。

桂 花

化雨春风滋沃土，黄星点点缀枝丫。

蜂迷蝶恋围花舞，千里飘香醉万家。

咏柳树

根深叶茂韧柔腰，款款风吹絮婀飘。

不与群芳争妩媚，如诗画面醉莺鹩。

咏百香果

昔日初成苦涩黄，今朝熟透泛红光。

萌萌模样玲珑巧，满满醇香溢四方。

梨　花

临风沐雨志堪坚，绰态娇姿气自娴。

玉殒香消何所惧，欣留清誉在人间。

残　荷

残荷败叶傲孤枝，风骨仍存宛似诗。

莫道今朝花落尽，明年依旧惹人痴。

迎春花

嫩叶柔枝金嵌玉，微风拂过扭腰翩。

牡丹纵是千般媚，怎媲东君第一妍。

幽兰飘香

淡雅斯文散古香，幽丛蕙女换新装。

露滋雨润添娇媚，九畹凝烟漫韵芳。

裁 柳

持剪春风裁柳丝，莺歌燕舞绕千枝。

桃红李白蝶蜂恋，多少情怀化作词。

新 柳

初绽新芽抽绿枝，随风婀娜舞丰姿。

阳滋雨润珍珠佩，柔吻青波鲤醉痴。

冬 柳

长发明眸美细腰，莺迷燕羡意飘飘。

昨天未惜金丝玉，今日枝枯面更憔。

红 叶

樱唇凤眼面羞红，万种风情别样浓。

静看百花相竞艳，繁华过后露峥嵘。

看到唇形和凤眼形的两片红叶，不禁得此诗。

白 露

枫红菊艳桂花开，白露如霜北雁来。

易老人生天不老，笔歌墨舞防痴呆。

四 季

桃红李白宛如诗，香茉娇荷翠柳丝。

菊舞清风裁一色，冰镶梅朵意尤痴。

柿 子

卖萌枝上意浓浓，饮露吞霜果正红。

总有几双粗暴手，专挑软捏理难容。

梨 花

随风漫舞展芳华，弥韵飘香醉万家。

即使梨花非是雪，仍称淡客六出花。

"淡客"是梨花别名"六出花"是雪的别名。

野 花

饮露吞霜换彩装，荒郊野岭漫幽香。

冰凌雪虐滋风骨，名卉奇葩尽愧慌。

郁金香

芳菲锦片掠眸光，淑景牵心绮梦长。

逸态横生人已醉，赋诗一首志昂扬。

南天竹

含香携韵宛如诗，楚楚丹羞缀绿枝。

一片痴情谁可诉，颗颗红豆寄相思。

咏福州同利肉燕

莹润冰晶如翡翠，汤头纯正味鲜柔。

涎垂三尺囫囵咽，老号云吞誉九州。

冰 花

奇葩千朵谁裁出，媚态娇姿润眼姝。
虽没芳香呈绮韵，朝阳升起散妍图。

咏烟花

怒绽礼花千万朵，娇姿幻彩别般妍。
声声响炮传芳讯，点点华光耀九天。

万寿菊

五彩窝窝寓寿延，斑斓锦片福绵绵。
如绸花瓣叶犹缎，媚态幽姿别样妍。

露台三角梅感言

墙边惬靠好梳妆，沃土虽无也漫香。
莫道奴家颜色少，情坚意韧志顽强。

桃　花

两岸桃花香浪漫，露滋雨润佩珍珠。

春风送意枝头闹，潋水轻摇美画图。

桃　李

李艳桃鲜婀绽放，含羞妩媚醉斜阳。

百鹏羡美欢嬉戏，吻瓣穿枝赞蕾香。

荷　花

披红戴绿舞婆娑，蜓羡香苞鲤慕荷。

雨露凝珠镶碧玉，含羞妩媚照清波。

咏　花

烂漫群芳蝶恋痴，魂牵骚客赞讴诗。

曾经绽美已无憾，莫问妖娆有几时。

咏 兰

亭亭玉立傲长空，媚逸修真慕劲松。

绮韵幽香羞国色，清香淡雅醉仙翁。

玫 瑰

浪漫春天换锦装，千花绽艳满园芳。

杏红李白桃夭艳，最是玫瑰爱意长。

兰 花

君子之花今古传，情牵骚客赋佳篇。

仙人逸韵弥香醉，懒与群芳相竞妍。

柳 絮

婀娜多姿洁似雪，身微志大慕雄鹰。

心怀念想放飞梦，巧借东风向远征。

梅　花

天寒地冻少人烟，空有娇容无蝶怜。

未想春风多眷顾，冰镶梅艳乐翩翩。

赞　梅

风凌雪虐雾浓浓，一片皑皑亮眼瞳。

莫道严冬无艳色，冰镶梅朵更妖红。

雪中蜡梅

满树香梅向碧空，冰中半隐媚羞容。

凌寒傲雪蝶蜂畏，绿叶何须跟护从。

牡丹花展

蓬莱仙子落凡尘，展馆台中做上宾。

莫羡骚人争赞美，谁怜花失自由身。

咏 梅

无畏严寒冻地天，群芳尽谢展娇妍。
莫言花脆薄柔弱，笑傲冰凌分外鲜。

寒 梅

不惧严寒立顶巅，凌霜傲雪绽轻妍。
谁言腊月无娇媚？疏影幽姿似玉仙。

红梅傲雪

身着秋装已入冬，寒风瑟瑟袭芳丛。
菊残柳败煞妍景，但见红梅笑雪中。

雨叩窗门

案上兰花留墨痕，如生栩栩媚勾魂。
不知何故风声漏，闻讯甘霖久叩门。

昙 花

一番桃李花凋尽，月下昙香弥韵浓。

莫恨芳华超极短，惊羞百卉动姐容。

月下昙

仙姿玉体粉红腮，无意争妍对月开。

莫问娇颜能否久，惊鸿一瞥醉蓬莱。

昙花一现

玉体仙姿莹烁璨，瞬开即逝又何妨。

懒和百卉争长短，暗送人间一缕香。

楚楚落樱

瓣铺湖面荡轻舟，彩缀星空月似钩。

楚楚落樱怜醉美，成泥花护却添愁。

樱　桃

五月樱桃缀万枝，妖娆似火惹人痴。

纵然兴致怀盈满，意醉情迷难赋诗。

咏睡莲

承阳饮露沐柔风，淡雅清香韵味浓。

身处污泥尘不染，骚人讴赋赞花容。

咏白玉兰

洁白无瑕淡淡香，含羞凤眼唤春光。

娇容绰态天生有，丽质何须靠粉妆。

石缝野花

石缝求生无怨地，没泥没土自斑斓。

风吹雨打姿仍媚，异卉奇葩尽汗颜。

花　梦

花轻自得漫天舞，欲赴瑶池展媚容。

几朵随风临彼岸？凋零无数化尘中。

咏残荷

花凋韵失香魂断，焦叶枯枝泣立池。

自古兴衰终有尽，浮生苦短理当知。

雨中牡丹

姚黄魏紫竞头妍，嫩叶繁枝硕朵绵。

自古骚人多赞美，花腮泪挂有谁怜？

小妹赏油菜花

一夜风吹金遍地，无边田野漫芬芳。

娇娘忘返凝眸处，见愧花羞俯首惶。

摘　果

浃背汗流如水浇，牵枝硕果卖萌妖。

登梯采剪农欢笑，担担萄橙飞似挑。

花坛草

那天悄悄入花坛，借水融泥栖惬安。

若问何为抛沃土，梦牵情系美缨丹。

雨打桃花

李白桃红镶玉翠，魂牵心动意痴痴。

天公怒下倾盆雨，不误骚人咏妙诗。

哥嫂家三角梅

秋风柔拂满阳台，三角红梅蕾绽开。

香沁心脾姿醉眼，花仙婀娜梦中来。

随　咏

凌空列阵写人鸿，一叶知秋分外红。

有梦何须悲岁老，欣吟菊媚月朦胧。

雨中磨菇

磨菇仙子慕尘世，飘落溪边红伞撑。

一片相思欣化泪，深情欲诉却无声。

荷塘夜色

玉镜高悬景色新，霓灯照水彩波粼。

红鱼窃语赞荷洁，出自污泥不染尘。

丹青翰墨

挥毫泼墨见真善，巨幅丹青香溢来。

栩栩如生惊众眼，画家妙手别心裁。

题 图

西沉斜日影朦胧，绿水青山衬倦容。

一别数年人又老，望穿双眼盼归鸿。

漫步西湖

瑟瑟秋风旗帜飘，似曾相识雀声娇。

青丝褪尽童心在，双足蹬高牵柳条。

夕阳之歌

光阴似箭意从容，岁晚飞霞染落红。

难得糊涂心不老，诗书画作乐浓浓。

人生百年

长寿无非一百年，贫穷富贵似云烟。

历朝皇帝今何在，当下开心胜过仙。

林帝浣

笔底生花弥妙韵，张张佳作养眸瞳。

业余爱好无师懂，天赐才能有绝功。

咏谷爱凌

如龙腾跃上高台，似燕身轻赏目呆。

名就功成年正少，前程多美没能猜。

悼贾玉柱老师

又睹题词忆老师，婆娑泪眼悼追思。

满园桃李肝肠断，天上英灵是否知？

外孙樊星荣获校三好生奖

心地善良德智体，帮妈洗碗孝贤娃。

滋濡雨露新苗壮，争取来年绩更佳。

作文在第三届全国中小学生征文活动中获铜奖。

陆小曼

噩耗传来泪满瞳，铅华尽洗懒妆容。

相逢梦里悲无语，整理君诗绪万重。

咏林徽因

最美人间四月天，才华横溢貌如仙。

一身诗意放飞梦，护古城墙意更坚。

民国影后蝴蝶

一朵奇葩别样开，盈波媚眼两窝腮。

雾遮残月光仍绚，蝴蝶斑斓展翅来。

外孙樊辰赏外婆虎字榜书

逼真虎字看多时，倍感稀奇神已痴。

疑惑千千频发问，娃娃虽小好求知。

两岁外孙看到毛茸茸虎尾巴，非常感兴趣。

西湖即景四十首

其 一

春风持剪换装时，柳眼初开秀绮姿。

绽艳群芳含妙韵，莺歌鹊咏赋佳诗。

其 二

漫步西湖喜气昂，波光潋滟柳飞扬。

做操练剑欢歌舞，健体强身福寿长。

其 三

西湖漫步觅新诗，醉赏纤绦秀雅姿。

游客如潮欢笑语，瘟清疫绝梦圆时。

其 四

款款东风滋柳翠，沿湖纵目尽芳菲。

春光入画随心赏，燕舞莺歌鹊语飞。

其　五

风拂春堤曳柳枝，西湖漫步沐阳熙。

群芳绽艳千般媚，增色骚人万首诗。

其　六

春风拂柳归来燕，李艳桃妖映<u>绿</u>丛。

最喜清湖邀旭日，金波荡漾醉眸瞳。

其　七

清湖雾锁影迷离，自在逍遥步惬移。

岸柳随风飘若舞，燕绕莺穿竞歌鹂。

其　八

风滋翠柳吐新芽，万朵夭桃牵树丫。

灵性小猫观丽景，也摹人类画花花。

猫在湖边来回走动，留下爪印像一朵朵梅花。

其九

官家村落影朦胧，尚有桃花绽蕾红。

马福桥头痴眺望，昔情幕幕绪千重。

其十

一帘皓月映花容，五彩霓灯耀卉丛。

潋滟湖波迷醉眼，远方孤艇影朦胧。

其十一

灼灼夭桃饮露滋，临湖翠柳舞新枝。

冰轮似梦牵魂动，静坐凉亭好构诗。

其十二

清露滋葩葩色新，暖阳照水水波粼。

风光旖旎香盈袖，最是桃花弥韵纯。

其十三

霓灯照水彩摇漪，月色幽幽夜景怡。

独坐湖边思妙句，绦丝婀拂沁心脾。

其十四

万蕾千花缀满枝，纤纤媚柳舞妖姿。

奇葩异鸟争鸣艳，醉赏归家时不知。

其十五

万顷波光入晚秋，如描丽景境幽幽。

霓虹灯烁花船里，对饮欢歌意更柔。

其十六

二月早春风景美，百花待绽意浓浓。

魂牵音律诗情纵，妙句寻来韵不重。

其十七

夭桃怒绽满园红，蝶恋蜂迷芳韵浓。

纵有疫情无客赏，依然含笑舞春风。

其十八

壬寅春节睡眠少，闲逛西湖雨未消。

莫道天公无作美，梅腮珠挂更妖娆。

其十九

万玫尽谢一枝红，风打霖侵意也浓。

待到明春重荟萃，群芳绽艳耀长空。

其二十

沿湖翠柳舞婆娑，点点轻舟悠驶过。

鹂唱枝头花正艳，鸳鸯戏水荡清波。

其二十一

李白桃红养眼滋，莺歌燕舞柳飘丝。

极眸远望家乡景，多少情怀欲入诗。

其二十二

风摇玫朵婀柔媚，暗吐幽香客步留。

莫道天寒无蝶恋，露亲娇蕊也含羞。

其二十三

楚楚春姑装已换，鹂鸣翠柳梦成真。

流蓝潋水映红日，桃媚含苞羞启唇。

其二十四

阳光灿烂耀长空，怒绽桃花面靥红。

翠柳婀摇鹂织幔，莺歌燕语舞春风。

其二十五

湖边又见鸭嬉戏，绕柳穿绦双燕飞。

但看空中人字美，一群大雁往家归。

其二十六

风吹云彩舞霓裳，翠柳纤绦新扮妆。

画客精心摹丽景，骚人拾韵纳诗囊。

其二十七

三月阳春景色姝，如诗画意笼西湖。

百花绽放含羞笑，醉赏风光美不辜。

其二十八

人间四月尽芳菲，大雁翱空向北归。

鹏唱枝头春意闹，骚人醉赋妙诗飞。

其二十九

三月阳春万物苏，慕名游客到西湖。

桃开李绽鹂莺唱，阵阵清香心沁酥。

其三十

携剪春姑丽景裁，桃夭李媚杏花开。

新妆翠柳频招手，恭问吾从哪里来。

其三十一

纤绦绿柳鹊歌绵，李白桃红分外鲜。

兴致怀盈搜妙韵，诗花词朵舞翩翩。

其三十二

鹂穿燕绕柳婀飘，灿灿春光无际娇。

最是凉亭传美曲，红男绿女竞歌谣。

其三十三

惬步西湖沐暖风，朝阳含笑挂长空。

又闻燕语鹂莺唱，三月春光诗意浓。

其三十四

燕唱枝头春意浓，澈湖入画影朦胧。

满园秀色诗心动，醉咏含苞桃绽红。

其三十五

绵绵细雨涤凡尘，百卉镶珠弥韵纯。

漫步湖堤心已动，赋诗一首颂阳春。

其三十六

月亮圆圆照九州，岸边翠柳秀腰柔。

水中美画谁揉碎，缕缕清风荡彩舟。

其三十七

媚眼柔腰青发长，澈湖当镜美梳妆。
引来几只空中燕，愿给垂杨做伴娘。

其三十八

沿湖盛景霓灯饰，妙语千条构美诗。
翠柳夭桃皆失色，流连游客忘归时。

其三十九

东君执笔绘春图，柳绿桃红景色殊。
若问风光哪最美，福州当数大西湖。

其四十

晨雾蒙蒙幻影迷，悠悠漫步在湖堤。
顽皮稚子玩抛瓦，惊得群鸥阵阵啼。

望 月

中秋每到总欢歌，一种无名绪似梭。

但愿人生非月亮，圆时应比缺时多。

小 溪

一曲同歌讴不息，千回百转漫无涯。

小溪虽浅澈犹镜，尽把天宫揽进怀。

题宗亲军礼照二首

其 一

营中留影礼端庄，悦色和颜炯目光。

鲜艳领章徽闪闪，军魂永系绿戎装。

其 二

身姿挺拔俊端庄，刚毅书眉透慧光。

楚剑吴钩犹在手，魂牵情系绿军装。

赏 景

万里长空云似梦，迎宾喜鹊奏清音。

田边漫步心怡旷，油菜飘香遍地金。

残 荷

时髦裙摆似刀裁，妖艳容残无限哀。

何惧霜侵芳尽失，明春再展媚姿来。

题竹蕉桃燕图二首

其 一

竹蕉桃树画中栽，紫燕欣闻迎面来。

但见微风蒙细雨，护花使者伞撑开。

其 二

春风送暖燕归来，竹叶纤纤似剪裁。

桃媚李鲜芽嫩绿，诗花朵朵落瑶台。

题图·百花齐放

百花齐放争春艳，蜂蝶迷芳逐卉枝。

无限风光关不住，凭栏妲姐羡惊奇。

题图·傲雪红梅

雨虐霜凌风瑟瑟，红梅傲雪韧还柔。

娇身脆体花如此，有憾人生何必愁。

题图·悬空心形花

春红尽染醉朦胧，独领风骚闪半空。

一心一意燃似火，含情脉脉梦乡中。

梦回儿时木制楼房

庭园种菜又栽花，木制楼房是我家。

先父见吾含泪道，终于找到我伊丫。

"伊丫"是我小时候和长辈对话时的自称。

题图·庭院馨景

金银蕾绽满楼台，似火樱桃耀美呆。

何以庭院分外艳，原迎仙女下凡来。

题图·梦幻夕阳

霞光灿灿染天红，云彩飘飘构巨龙。

款款夕阳金光烁，动人心魄掠眸瞳。

题图·采草莓姑娘

满心期待眼盈光，盼采香莓整框装。

似月圆圆明媚景，还疑仙落美飘芳。

观雪景图又忆二姐

梨花漫舞宛如诗，心醉情迷意已痴。

忆起丙申观雪景，汪汪泪水写哀思。

16年（丙申年）姐妹西欧之旅一起赏雪景。

题图十六首

其 一

风虐雨凌花泣落，昨还妖艳此成泥。

青春莫叹匆匆逝，淡定从容赏日西。

其 二

秋来花谢莫怀愁，似火樱桃也夺眸。

解意杜鹃羞绽艳，绵延群岭彩萦柔。

其 三

五彩蔷薇展媚容，榴樱相映耀明瞳。

枝头燕雀秀歌美，哪解高飞远志鸿。

其 四

何方仙圣挥神笔，绘到花羞百鸟飞。

放眼江山披翡翠，流连游客忘家归。

"花羞"指含羞花。

其 五

雪花漫舞落成诗，韵沁心扉润眼滋。

北国风光多壮丽，流连醉赏忘归时。

其 六

流蓝澈水会云天，山色斑斓不胜妍。

画客诗人齐绘咏，醉了天上众神仙。

其 七

遍地黄金亮眼眸，青山含黛彩萦柔。

林荫小路通幽境，疑是蓬莱梦里头。

其 八

紫气弥山五彩红，何方仙圣绣妆容。

莫言鹿韭娇无比，似火鹃花意更浓。

"鹿韭"牡丹别名。

其 九

流光溢彩映霞辉，蝶舞蜂萦紫燕归。

美景无涯骚客醉，奇思妙想梦飞飞。

其 十

昨夜甘霖浇旱土，田家农户喜书眸。

高粱深感天恩重，俯首躬腰致意柔。

其十一

丹枫灿灿欲燃天，雯霭朦胧不胜妍。

百卉涂红迷众鸟，逐芳彩蝶舞翩翩。

其十二

岚光拂黛韵弥殊，美胜桃源俗味无。

龙井飘香添逸兴，吟诗作赋画兰图。

其十三

深山陋室韵情殊，犹似桃源怨念无。

此景邀君同会聚，烹茶载酒品诗书。

其十四

林中怪树吓千鸟，人体妖姿鬼面呈。

过往游人多感慨，题图骚客也心惊。

其十五

高楼碧宇映深河，晚藕婷婷沐澈波。

天上人间相沁景，如诗如画宛如歌。

其十六

云舒云卷雾萦天，褪色群芳草失妍。

遥望家乡添挂念，归心似箭绪千千。

题图·虎拉犁

平阳虎落任人虐，负重犁田步步难。
昔日雄威全扫尽，顺从听话为加餐。

题图·鬼面树

红尘物变撼双睛，妖面人身鬼态呈。
如此狰狞禽也怕，稀奇怪象感心惊。

题图·欲醉春风

媚柳翩跹映在前，回眸又见百花妍。
犹仙遗境痴欢赏，欲醉春风一万年。

题图·自家书房

己书悬挂己书屋，一对奇葩含媚芳。
寒舍尤添馨馥韵，*丝丝暖意沁心房*。

题图·萌硕果

萌萌硕果千枝缀，阵阵香弥百鸟临。

丽色韵醇迷贵客，风吹绿浪递乡音。

题图·海棠果

千姿百态玲珑巧，晃绿摇红醉客魂。

喜沐阳光添丽色，微风拂过透诗痕。

题图·唇形红叶

红枫仙子抹朱唇，婀娜多姿俏可人。

亦假亦真迷众眼，风情万种韵弥醇。

题图·咏桃花扇

扇绽桃花弥媚韵，轻摇芳溢隐伤痕。

香君血泪依稀见，一首诗讴烈女魂。

题图·题诗送福

一叶知秋染贵庭，犹丹似焰耀婷婷。

顿燃满腹豪情火，铺纸题诗赋福宁。

题图·无惧秋风

无惧秋风叶渐凋，绿黄相沁倍娆妖。

别般景色迷鹂至，笑立枝头唱美谣。

题图·未晓芳名

枚枚硕果泛红光，百态千姿漫韵香。

痴赏流连神已醉，芳名未晓又何妨？

题图·翁妪牵手

蹒跚步履银霜发，牵手双双冷暖知。

纵是浮生颇苦短，也将日子过成诗。

题图·江中飞舟

霞映蓝天红胜火，群山染润竞风骚。

思乡游子归心切，似箭飞舟逐浪高。

题图·鸿雁传书

青青百卉境幽幽，潋潋湖波泛翠柔。

万里传书无限意，温情写眼面含羞。

题图·心念风光

杨柳垂丝碧水柔，百花竞艳绽枝头。

青山吐翠霞喷彩，心念风光上顶楼。

感吴木榕老师画

丹青妙笔绘幽芳，佳作张张掠目光。

痴赏迷观神已醉，清新雅韵沁心房。

梦 牵

人生长寿几春秋？虚度韶华疚悔尤。

花甲年高仍有梦，诗书画伴乐悠悠。

夜静思

夜深万籁无声寂，眨眼稀星月色柔。

忆起昔情难以寐，千千思绪涌心头。

题短视频

含黛青山百卉柔，风吹绿浪广田畴。

天涯望断盼鸿雁，悲持乌丝已泪眸。

题己《燕子兰》画

远离闹市一身轻，摹蕙临兰款款情。

婀娜幽姿香韵漫，引来燕子画中鸣。

画好兰花后，发现兰花的根部像燕子在鸣叫。

无 题

诗魂驿动意无穷，泼墨挥毫兴更浓。

咏得山青千蕾绽，香弥紫府醉仙翁。

题视频

风拂青苗养眼滋，清音美妙宛如诗。

凌波仙子抬头望，乌发轻梳神已痴。

稚子垂纶

柳丝燕剪呈新画，蝶恋蜂飞蕾绽时。

独坐湖边观趣景，垂纶稚子已神痴。

题图·华夏腾飞

旗袍一袭满颜辉，背靠江山映翠微。

不忘初心情万丈，同圆国梦奋腾飞。

书展上美女捧着我的《腾飞》书法作品拍照。

咏兰花

窈窕兰仙换锦绸，摇风滴露隐清幽。

氤氲漫吐千姿媚，君子芳名誉九州。

学画蕙兰

不忘初心勇向前，蹒跚步履志仍坚。

诗书情已千千结，又把丹青染蕙田。

画兰感怀

柳眼梅腮燕报春，幽姿绰态长精神。

荒山深谷蕴香媚，淡雅清新情更真。

香韵萦怀伴我归

翠柳纤绦邀燕飞，千千诗兴对晴晖。

群芳咏遍讴山水，香韵萦怀伴我归。

咏芳樟

干壮根深连大地，枝繁叶茂溢香醇。

霾除浊扫蓝天净，赤县神州处处纯。

画兰随感

冷艳幽姿落画笺，清新雅韵入诗篇。

闲来拾趣修身性，惬度余生赛过仙。

雪中老树

花凋叶萎皮粗陋，疏影幽姿绮韵长。

雪虐风凌滋古韵，霜须老树叙沧桑。

有感诗书进校园

接力传承中国粹，诗词书法进校园。

情操陶冶谦贤睿，桃李飘香慰圣魂。

姐妹旧照

执手挨肩馨写容，同胞一脉血相融。

新梅入画疑香漫，往事浮眸泪满瞳。

古渡送别

渡口依依泪满颜，情愁缕缕溢心间。

道声保重肝肠断，盼尔成才玉锦还。

望景抒怀

凄凉片片景惊眸，感叹人生几度秋。

枯叶残花来日艳，凡夫岁月没能留。

旅途放歌

清音欲碎昆山玉，鼓掌声声引赤霞。

远籁随风泉韵绕，迷聆百鸟立枝丫。

2018 年 11 月前往长乐桂峰乡赏秋晒的途中。

美女拍照

正是阳春四月天，湖光山色景娇妍。

桃红李白花虽艳，怎媲机前窈窕仙。

活在当下

是非既往莫追思，福寿如何没法知。

活在当今欢乐笑，油盐酱醋也成诗。

有感高考

十年苦砺剑光藏，场上开锋比刃芒。

金榜未名多普遍，回家足以慰高堂。

满屋飘芳

春至高寒家久宅，笔歌墨舞颂韶光。

花仙念我情真挚，葩瓣飘飘满屋芳。

见自家的插花，花瓣凋落在桌上不禁得此诗。

咏　怀

霜盈两鬓意从容，岁晚飞霞染落红。

志趣兴酣心未老，诗书画作乐浓浓。

风　筝

扶摇直上向瑶界，一线情牵气自豪。

贬语褒评无所谓，凌空驾雾展风骚。

随　咏

朦胧烟雨露华浓，枝上鹂讴赞树葱。

闲赏渔翁欢撒网，醉听流水响叮咚。

随　感

竹报平安辞旧年，镜中又见鬓霜延。

抛开杂念吟诗去，佳句欣拈展妙篇。

光　阴

光阴一寸万枚金，自古青春无法寻。

莫叹韶时飞似箭，且将愿梦寄诗心。

登　机

首次登机喜又忡，窗前俯瞰骇惊瞳。

不由联想齐天圣，驾雾腾云一阵风。

寻　诗

寻幽览胜索题材，花卉含羞相竞开。

美景三千皆不负，收囊酿韵任吾裁。

追　梦

围裙系上灶台转，一日三餐锅碗盘。

诗在远方追绮梦，习书临画意犹兰。

升　旗

铿锵正步气姿轩，紧握钢枪守国门。

星闪红旗随乐起，腾飞华夏慰忠魂。

追　思

繁星点点眨明眸，皓月弯弯照我楼。

往事非烟追忆远，千千思绪绕心头。

诗书画相展

诗书画相韵风流，共聚挥毫互匿留。

细琢审观皆受益，群英荟萃乐悠悠。

外孙樊星诗朗诵

纯净轻音入耳来，抑扬顿挫亮清才。

眸书自信意真挚，稚子情怀不可猜。

唱 晚

夕阳无限美如诗，岸柳飞扬泛彩漪。

满载而归渔汉笑，欢歌醉落几只鹂。

自 嘲

昔日未珍韶岁贵。蹉跎半世鬓霜延。

老来却恋诗书画，泼墨挥毫展素笺。

冬奥开幕式

雪花送瑞五环新，奥运开元捷报频。

逐鹿群雄拼尽力，领杯旗展抖精神。

和外孙共度六一

双棹飞扬荡澈湖，惊飞一对野萌凫。

携孙同度儿童节，共享天伦乐不辜。

花 甲

花甲之年气也豪，吟诗作画奋飞毫。

唱歌跳舞旗袍秀，没有空来世一遭。

撷 诗

惬撷春天一束诗，弥香漫韵已心痴。

登高望远皆佳景，大地神州尽美词。

老来伴

游园牵手妪翁欢，彼此关心抵岁寒。

一起唱歌馨惬意，修身养性体康安。

学格律诗词

六年续雅不寻常，琢仄磨平探韵长。

拟古循规多苦涩，佳诗写就梦还香。

画 兰

深谷飘芳传万里，纤枝嫩叶动瑶台。
幽丛几处柔风起，恰似兰仙款款来。

写 诗

兴来欲写美佳句，细构方能出好词。
索韵敲音行健笔，合乎情理乃成诗。

老来乐

一盏香茶静品先，霾除尘涤赋诗篇。
老来莫去是非地，临画温书乐似仙。

攻格律诗词

追唐步宋六春秋，不枉攻诗岁月酬。
揽胜采风开眼界，余生充实乐悠悠。

赠友人

二月春风绽蕾时，挑红选翠赠相知。

情丝系笔笔心懂，写出人间最美诗。

学生升旗

面带童真行正步，五星旗帜绚飘扬。

少年怀揣国强梦，日后方能挑大梁。

立冬有怀

初感秋凉已立冬，寒来怎挡日彤彤。

丹枫菊桂飘香远，白鹭一行上碧空。

格律诗词曲

诗庄词媚曲谐柔，多年勤耕已白头。

格律研虽多苦涩，吟哦惬对月如钩。

梦双亲

喜见双亲泪满腮，分明有话口难开。

今天出现梦乡里，何事叮咛不用猜。

静夜思亲

庭院芙蓉花正开，双亲含笑梦中来。

爹娘今夜家重返，定是关心他的孩。

西湖赏春

风拂清湖织绿绸，新装翠柳秀腰柔。

莺歌燕语欢嬉闹，小草茵茵笑点头。

漫步在湖边

夕阳照水泛金波，枝上鹂莺赞美歌。

最是温馨风景线，丰收渔汉乐呵呵。

鲜花一束寄哀思四首

其 一

又到清明扫墓时，鲜花一束寄哀思。

坟前跪祭千行泪，天上亲人是否知。

其 二

清明时节千千绪，冷雨浇心意更痴。

忆起亲恩犹在昨，鲜花一束寄哀思。

其 三

鲜花一束寄哀思，美酒恭呈绪万丝。

忆起双亲情倍暖，无边怅悔几人知。

其 四

鲜花一束寄哀思，每到清明意更痴。

父母生前多孝顺，不然后悔恨时迟。

柔中带刚君子兰四首

其 一

精致犹雕锋剑叶，茎柔梗翠嵌珍珠。

弥香漫韵谦谦品，君子芳名誉五湖。

其 二

绿叶银根柔润肤，娇姿绰态佩珍珠。

蜂迷蝶恋花间舞，灿灿金黄醉雅儒。

其 三

玉骨娇容亮嫩肤，顽强高洁不言输。

纵然百卉花凋尽，依旧含香发万株。

其 四

翡翠精雕嵌宝珠，红黄相沁韵弥姝。

沐阳饮露含苞绽，骚客争吟美不辜。

从容惬度己余生

慵起三竿忙洗漱，早餐妆后到书前。

敲屏惬构题图赋，执笔欣临蕙韵妍。

题知青纪念碑

韶华美好却蹉跎，梦里依稀插绿禾。

留影碑前掀万绪，峥嵘往事费吟哦。

感大妈旗袍走秀

雍容华贵动霓裳，婀娜身姿气韵长。

国粹生花凝亮色，青春永驻醉斜阳。

女足夺亚洲杯冠军

谁道裙钗天性弱，金牌屡夺国之骄。

意坚志韧励男足，苦练加油技赶超。

高洪懋老师美画

相宜浓淡见深功，缕缕芳香绮韵融。

画面逼真惊众眼，情牵骚客醉吟中。

六一儿童节奇想

宁做长年不长娃，烦愁没有永芳华。

温馨生活无牵挂，直到千秋眼未花。

家族委员会成立

伯歌季舞齐牵手，有福之州聚众贤。

翘首未来商族事，运筹定策启鸿篇。

携外孙遇抻面表演

团面轻扬巧手分，孙儿注目倍欢欣。

须臾入碗浓香散，暗识辛劳学俭勤。

墨　缘

两鬓银霜结墨缘，秃毫欲把砚磨穿。

莫言花甲人将老，养性修身驶福船。

六十感怀

吟诗作赋临书帖，养性修身心静怡。

六十谁言人已老，笔端也要起涟漪。

我的书写平台

远离街市繁喧闹，五尺平台酿韵芳。

迷恋诗书君莫笑，脑勤手动迈康庄。

心中有梦皆丽景

云飞云走总紫天，花败花凋韵也妍。

愿梦藏心皆丽景，何愁难赋美诗篇。

律诗

（平水韵）

偶　得

岁月逝匆匆，银丝两鬓融。
悲欢尝冷静，苦乐品从容。
好命非天定，难题靠己攻。
年高心未老，诗画醉其中。

闲　吟

旭日东升起，殷殷染碧空。
诗词情尚热，书画意尤浓。
有幸逢盛世，无忧惬悦融。
龄高仍好学，书苑步匆匆。

山花烂漫

晨光欢尽沐，蕾绽媚娇肤。
登顶层层上，开枝片片苏。
奇葩千众赞，香野几人呼？
烂漫山花日，妖娆遍五湖。

　　"香野"是山花和野花的别名。2019 年在家族群里，一位宗亲发出一张图片，画面上，朝阳升起，山花自山脚布满了山顶，壮观无比。百感交集的我，联想起自己没念什么书……不禁写下了这首诗。

偶　得

光阴飞似箭，白发满头延。

昔日冲天劲，今朝常失眠。

浮生贫与富，终化土和烟。

幸有诗书画，留为念想篇。

荷　花

风吹动碧莲，露润叶浮圆。

雨洒幽香吐，阳滋绮韵传。

鱼嬉翻绿水，蛙鼓震长天。

放眼罗裙舞，红蕖抚五弦。

兰花展

近赏柔犹缎，遥观色沁融。

清香弥媚韵，淡雅润明瞳。

昨隐深幽谷，今登富丽宫。

无心奢竞艳，惊羡万花丛。

谷 雨

谷雨匆匆至，千山草木滋。

黄鹂歌悦耳，花絮舞娆姿。

杜宇催耕紧，牛蹄奋疾时。

眼浮金麦浪，难抑喜讴诗。

谷 雨

逐水浮萍聚，飘绦棹泊舟。

桃含娇靥媚，梨绽稚芽柔。

杜宇催耕种，农夫挥汗流。

秧苗初插嫩，春雨贵如油。

咏红叶

闪烁炫双眼，燃烧漫九天。

凝眸观烈焰，俯首叹残年。

韶岁多挥霍，高龄筑梦圆。

吟诗讴盛景，心念上峰巅。

初 雪

初临尘世游，羡艳吻梅羞。

质朴超荷洁，身轻胜絮柔。

婀飘浮妙韵，闪烁掠灵眸。

貌媲梨花媚，深情饰九州。

冬至抒怀

北方包饺子，南国煮汤圆。

雪降叹寒岁，冰融兆瑞年。

知恩心恻恻，感念意绵绵。

天上孤姮悔，人间美梦牵。

画院兰花

瓣腻超绫缎，根枝一色通。

幽香弥画院，雅韵掠眸瞳。

似玉亭亭立，犹脂淡淡融。

今虽离故土，丝未减芳容。

暮 春

风拂柳姿媚，霖滋草韵萌。

蝶迷香卉绕，鸟恋韧枝鸣。

蜓戏催苞绽，蛙歌促藕成。

春姑行渐远，夏姐火般情。

冬寒抒怀

风吹千叶落，雨打百花残。

景点萧无客，天空冷玉盘。

梅开浮韵妙，雪虐诉冬寒。

犹见春行步，谦幽君子兰。

中秋咏怀

神秘长天幕，清辉梦幻胧。

登楼寻玉殿，举目觅仙翁。

泼墨讴秋夜，挥毫赞月容。

未酤人却醉，暖意沁心中。

寅岁抒怀

钟声辞旧年，焰火接长天。

梅绽寒枝笑，桃含初蕾鲜。

牛归欣遂愿，虎至梦思圆。

历疫春仍在，神州万里妍。

元宵抒怀

劲闹元宵节，遥眸赏悦痴。

千花香绽艳，万柳韵盈滋。

火树银灯闪，冰心妙句思。

神舟同庆夜，何处不留诗？

端午感怀

岁岁逢端午，灵均念感焦。

猛龙相竞渡，壮士汗如浇。

密鼓炮欢点，强锣桨劲摇。

豪情千万丈，五色彩旗飘。

国庆抒怀

金秋盈紫气，旗赤炫长天。

劲舞讴昌世，欢歌颂瑞年。

并肩圆绮梦，携手谱雄篇。

大地铺华锦，神州屹顶巅。

八一抒怀

军旗鲜血染，号角震长空。

卫国驱偻寇，援朝抗美功。

救灾钢铁铸，抢险保家忠。

盛世防强盗，时时敲警钟。

春风化雨

牛伯悄然去，荣归福虎魁。

梅花迎雨笑，云彩恋天徘。

园里桃香漫，枝头燕柳裁。

巷街行客少，聚饮乐拳猜。

花 绪

春至草肥鲜，芳菲意更牵。

风前摇叶翠，雨后缀珠嫣。

艳蕾群蜂恋，微芽无蝶怜。

沐阳知冷暖，含笑展娇妍。

上天门山

飞索半悬空，犹行在雾中。

树梢尖似笔，山路曲如弓。

云彩崖间绕，游人车里忡。

终于安落地，心悸恐书容。

国庆中秋咏怀

皓月入明眸，清辉纺素绸。

云移浮幻影，光烁耀神州。

举盏倾情醉，思乡游子愁。

国强家业旺，海角此同讴。

夏 夜

万盏霓灯烁，蝉鸣戏柳狂。

风吹湖泛彩，花绽蕾弥香。

心系妖娆景，魂牵锦绣章。

光标忽闪处，敲字赋情长。

西湖景色

日照西湖美，风光掠养眸。

丝绦飘岸上，嫩节露枝头。

雨润娇苞绽，香弥萌鸟讴。

心宽逍惬意，诗韵沁脾柔。

禅中静思悟道

静思孤烛下，悟道寂禅中。

世界虚缥缈，凡尘浮幻空。

洞穿名与利，淡望过同功。

佛祖心常有，温馨福寿融。

西湖之夜

婵娟照九州，丽景实难讴。

两岸花皆艳，孤船火独柔。

波涟编彩缎，平地立高楼。

无限妖娆夜，神怡醉养眸。

重温旧照

光阴流似水，岁月已饶谁？

昔日身心壮，今朝眼睑垂。

浮生终是梦，往事岂须追。

拾趣多寻乐，诗书香韵随。

表弟家小田园

欣喜登楼顶，馨园尽览中。

枝牵瓜果笑，蝶舞菜花丛。

栩栩盆山景，萌萌韭蒜葱。

休言无兴致，且看一勤农。

登上楼顶帮锄地的我，颇像农民。

题短视频

夜空星闪烁，幽境美魂牵。

嫩叶薄犹缎，繁藤韧似鞭。

树神鼾醉睡，月殿俯羞仙。

碧水粼波闪，风光醉眼帘。

迎春花开

暖日化冰坚，牵枝香韵绵。

虽无桃李媚，但有玉金妍。

艳让文人赋，柔教骚客怜。

蝶迷蜂慕美，欢舞恋花鲜。

漫步西湖公园

妆成柳似绸，桃绽韵弥柔。

虫唱添生气，莺鸣竞美喉。

星光铺大地，月色照神州。

猫也通人性，流连亦醉眸。

漫步西湖，见猫在湖边来回走动。

谷 雨

微风生翠萝，细柳弄清波。

湖中鹅鱼戏，枝头鹂雀歌。

蚕丝牵织茧，蝴蝶恋亲荷。

谷雨深春际，霖滋万物禾。

菊韵悠悠

莹莹瓣似绸，淡淡溢香柔。

露滴千珠嵌，风吹万韵收。

名家豪迈画，骚客激情讴。

漫步东篱下，神怡展美喉。

重温旧照感怀

忆追掀百绪，似箭瞬光阴。

昨日青春茂，今天白发侵。

不求财运到，但愿福门临。

余岁随缘度，高弹快乐琴。

仙　境

巍峨青岭下，溪澈鲤缠绵。

百蝶迷花艳，千蜂慕果鲜。

古亭弥雅韵，曲径漫馨妍。

醉赏如仙境，流连梦里牵。

题短视频

晴空射彩光，碧水泛金黄。

汹瀑倾千丈，红阳照四方。

凭栏人笑语，迎客鸟鸣狂。

尽兴瞧何处，冰山素裹妆。

九岁徐子宣画

梅树画中栽，丝绦细似裁。

冬寒冰未见，春暖燕归来。

桃杏脂涂面，梨樱粉抹腮。

丽图生栩栩，少女慧多才。

诗

如饥似渴著新篇，酷爱诗词梦里牵。

迷琢仄平神欲醉，痴敲律仗已魂颠。

琴棋书画皆成韵，曲酒花茶尽入联。

妙句寻来颇得意，还疑耳顺返童年。

学 诗

追宋随唐已一年，而今拙作百多篇。

推平琢仄思初理，索韵寻音步甚颠。

格律框条严设定，声规标准要敲研。

无涯学海勤为艇，万浪千涛越若仙。

学诗词曲书画有感

一腔热血注词田，花甲高龄志也坚。

有路书山驱我搏，无涯墨海使魂牵。

灯前作画弥香韵，案上敲诗展素笺。

谁说夕日昏已近，生辉熠熠别般妍。

画

无垠瀚海卷波烟，百鸟争鸣不夜天。

虎伴丹青昂首啸，龙随椽笔驾云翩。

冬来桃李仍娇艳，夏去荷葵更媚妍。

谁敢瑶池尘世展，惊眸妙画美宣笺。

余 生

一笔一书一砚笺，吟风诵月度余年。

红尘逐愿心尤累，盛世随缘寿愈延。

墨海泛舟舟驶稳，诗山漫步步行坚。

魂萦韵律遐思远，梦越时空面古贤。

琴棋书画诗酒花茶

琴声袅袅引仙凰，棋艺相拼战火藏。

书海遨游才识远，画廊漫步兴情扬。

诗弥庄韵牵魂动，酒溢醇香醉四方。

花绽花凋今古事，茶楼赏月赋新章。

随 咏

龄长童心丝未泯，壮年还是不知愁。

韶华逝去空悲叹，大事无成泪欲流。

梦绕宋唐元翰墨，情牵韵律仄平柔。

沉迷书画诗词曲，余岁从容享自由。

银 丝

时爷人面总难留，刀刻娇容霜染头。

莫叹妙龄无法挽，当知花甲志仍酬。

画兰朵朵添香韵，写虎张张解恼愁。

宋雨唐风萦梦里，诗庄词媚度春秋。

暮年感怀

光阴瞬逝几多哀，度日浑浑甚不该。

青壮韶华今未在，暮年往事梦常来。

无为自爱争先醉，有道频思防早呆。

脑动手勤聪健寿，利家利己利夫孩。

从 容

光阴似水去无休，壮体娇容没法留。

虽道青春消不返，但知夕照绚还柔。

当年在职多忙碌，现日呆家渴识求。

难得有闲书画赋，修身养性惬悠悠。

元 旦

一元复始日曈曈，万象更新诗兴浓。

立意构思研句美，敲声探律琢联工。

飞毫走墨修身性，落韵弥香醉眼瞳。

心有梦牵皆丽景，夕阳西下也从容。

虎年吟虎

牛耕沃土显身长，王者荣归志更昂。

怒目圆睁千兽恐，歇声咆哮万禽惶。

穿林越涧惊天地，电掣风驰振莽苍。

蕾绽梅枝寅岁到，虎威再展九州昌。

三八趣怀

欣逢三八醉翩翩，女被关怀捧上天。

年少娇娘沉雁美，龄丰老妪比花鲜。

月宫娥姐虽妖艳，尘世佳人更娆妍。

纵是赞言犹浪涌，节完重返灶台边。

五一礼赞

芬芳五一日彤彤，劳作辛勤百业隆。

火箭遨天惊紫府，神舟探月动姮容。

车刨钻铣歌声亮，稷麦麻粱稻谷充。

顽疫清零千户福，同圆绮梦立新功。

重阳抒怀

金秋十月接重阳，赏景攀山祷福祥。

似火红枫冲碧宇，如绸丹桂吐奇香。

惬吟词圣登高句，醉赏诗仙颂菊章。

两鬓盈霜心未老，兴情仍满志昂扬。

中秋夜咏

中秋与友喜登楼，美景无涯掠眼眸。

甜饼一盘情切切，香茶两盏意悠悠。

微风拂散千云幻，圆月光盈百卉柔。

神秘夜空骚客醉，吟诗作赋竞头筹。

春回大地

千红万紫映霞天，大地春回不胜妍。

小草迎风芽劲吐，群山滋露绿无边。

燕鸣翠柳绕绦乐，蝶恋香花慕果鲜。

如画如歌如梦境，佳诗美赋想联翩。

国庆抒怀

火树银花不夜天，迎来华诞乐翩翩。

欣观四域疆边固，笑看三农喜事连。

抗疫除灾收硕果，摧枯拉朽谱新篇。

高科国盛辉煌铸，百载征程勇克坚。

端午感怀

巧构玲珑五角房，花生米豆实精装。

张张翠叶包祥瑞，节节牢绳系福康。

浅饮雄黄瘟毒阻，高悬艾草疫邪防。

感怀端午追思远，屈子忠魂万古芳。

多年没包粽的我，望着包粽佐料不禁得此诗。

重阳抒怀

凉风习习唱秋歌，遍插茱萸满岭坡。

放眼层林呈异彩，行书群雁渡天河。

篱边惬赏殷殷菊，池里怜观楚楚荷。

最是枫燃情万丈，敲诗煮酒醉婆娑。

国庆中秋双节抒怀

国庆将临度仲秋，诗庄词媚竞吟悠。

光如薄缎滋脾肺，月似明珠耀眼眸。

共建城乡康泰道，同航丝路福祥舟。

全民协力歼顽疫，战绩无双举世讴。

福州冬天

北国男儿着厚貂，南方女子露蛮腰。

当年天降鹅毛雪，此刻回眸意照逍。

捂被痴观仙散朵，登楼怜赏玉鸾消。

银装何日榕重裹，两眼凝穿面已憔。

1976年冬天，福州城罕见下了一场鹅毛大雪。

夏日炎炎

盛夏骄阳酷暑天，闲中仍是汗涟涟。

群芳倦萎蝶嫌弃，千鸟凄鸣嗓冒烟。

秃笔毫干空挂架，新书床放懒翻研。

百无聊赖手机刷，勾魄萌图赋美篇。

感11月11日光棍节

二枚壹壹本成对，光棍节称是谬荒。

携手恋人馨送暖，并肩伉俪沐春芳。

男痴女怨情难了，日转时移面也黄。

结不结婚无所谓，平安体健便为王。

大　暑

群芳百卉失娇妍，万蝶千蜂懒逐翩。

热浪当空翔倦鹭，困莺栖柳噪疲蝉。

骄阳似火媲蒸烤，大汗如泉甚感煎。

超卅高温何日止，期游各地赋佳篇。

台　风

台风即到备匆匆，前日商场分抢空。

树倒田淹瓜果毁，房颠窗碎损丰中。

千家百姓无眠夜，万户农夫泪满瞳。

环卫警兵奔一线，为民除险谢由衷。

立　春

节气轮回春已到，新装翠柳燕翩翩。

枝头百鸟讴苍树，岭上群芳绽蕾妍。

才见丑牛耕沃土，又闻寅虎啸长天。

韶华易逝活当下，雅兴沉酣惬似仙。

小 雪

寒风瑟瑟急敲门，冷雨潇潇骤降温。

放眼天边飘玉蝶，凭栏月下颂梅魂。

欣观麦浪金光烁，乐赏松枝喜鹊喧。

无惧满头霜染白，煮茶拾句醉黄昏。

苦 暑

辞春迎夏接炎暑，超卌高温泪已潜。

蝉噪蛙鸣如泣鸟，珠流汗淌浸衣般。

堪怜农户勤耕苦，更悯民工劳作艰。

举首问天天不语，何时盼得雨声潺。

惊 蛰

复苏万物春光媚，惊蛰初鸣寒渐消。

山上茶香弥四野，枝头梅瓣落双桥。

李桃灼灼斗红白，鹂燕萌萌唱美谣。

布谷声声催种急，丰收在望乐逍遥。

春　日

春江水暖鸭先知，沐日群芳百卉滋。

燕舞莺歌摇锦幔，鱼游鹭掠荡清池。

李桃绽蕾张唇笑，蜂蝶追花采粉痴。

皓月凌波如梦境，风梳翠柳染新诗。

春　色

逍遥惬赏西湖美，燕语莺声鹂展喉。

大地回春铺锦绣，青绦曳柳眨萌眸。

仍存傲骨梅无悔，含笑夭桃韵更柔。

仙境如临心已醉，激情满满赋神州。

望月咏怀

兴来独自上高楼，点点繁星月似钩。

万里波涛思虑远，无涯夜色昔回眸。

梦中仿佛春仍在，醒后方知雪满头。

苦短人生多找乐，是非得失不归舟。

踏 青

揽胜寻芳天正晴，露镶百卉闪珠明。

随风岸柳藏鹂翠，列阵天鸿掠影轻。

绽蕾红桃弥韵媚，交头锦鲤话波清。

将临夜幕方回府，笑语惊飞树上莺。

共 咏

八方骚客聚吟俦，文化传承咏十秋。

韵妙句佳来笔底，诗庄词媚醉心头。

情牵念想初衷守，绮梦萦怀夙愿酬。

充实余生颇感慰，修身养性荡芳舟。

望月抒怀

难眠夜里眺蟾宫，往事浮眸绪万重。

纵是豪情丝未减，却非壮体水盈瞳。

有闲书画诗词乐，无惧年流衰面容。

试问一生何所有，终归两手握空空。

飞雪抒怀

天边仙藻漫飞舞，疑是群芳瓣落姗。

犹剑风凌千叶败，似刀雪袭百枝残。

冰凌田地田夫泪，霜虐花园花匠难。

四季轮回无法阻，顺从天意且心安。

漫步西湖

漫步西湖竹伞撑，满园春色蝶葩萌。

游人少许凉亭坐，闲艇多艘水上横。

雨洒花开枝吐翠，风吹漪荡浪微生。

凭栏桥顶遥眸望，昔日家乡美景呈。

漫步西湖公园

久宅家中思美景，西湖左海任吾游。

未闻燕子欢声语，但见花儿笑点头。

拾朵收囊欣酿句，弥香漫韵好抛愁。

华灯初上梢衔月，煜煜繁星眨眨眸。

西湖赏花

风拂西湖舞柳丝，绦飞两岸鸟萦枝。

霖滋绿叶衔珠笑，日照红花绽蕾时。

虽散香魂辞暖树，却融沃土护根痴。

明年春季重来到，愈加妖娆妩媚姿。

九寨沟游

天宫美景落尘沟，举世闻名九寨游。

澈海流蓝滋两眼，高歌倾瀑织千绸。

群山映水图中影，百鸟翱空画里留。

赏罢步移回府路，仍疑还享梦乡柔。

姐妹扬州之行

江都丽景慕颇久，姐妹同行觅韵芳。

痴赏西湖千画美，迷闻植圃万花香。

琴楼美女歌翩舞，茶阁清筝曲荡扬。

浩渺烟波纤柳娜，嫣红姹紫尽春光。

走进藏家

彩旗猎猎牧家房，哈达莹莹献意长。

团坐方桌观表演，欢干美酒祝安康。

牛羊肉烤浓香气，藏汉情融屡笑场。

篝火欣围牵手跳，激情满满喜洋洋。

桂峰乡晒秋节

驱车前往桂峰乡，一路欢声雅兴扬。

美酒千坛陈案地，红椒万串挂篱墙。

客无滴酌闻皆醉，肚已充餐睹饿凉。

极目遥观秋晒景，赋诗分享喜洋洋。

客家诗歌会聚精英

客从各地到群前，家社同磋共探研。

曲赋诗词犹浪涌，丹青翰墨似花鲜。

会招四海文人杰，聚唤八方雅士贤。

精艺博才融荟萃，英姿豪迈谱新篇。

惬咏百花

天仙摔破丹青罐，泻染凡尘醉众生。

韵漫田园蜂劲舞，香弥山水鸟欢鸣。

含苞脉脉姿容媚，婀舞翩翩墨客迎。

莫道芳华颇短暂，来年绽放更深情。

雪钦姐夫妻照

无边田野绿油油，搭背亲昵靓影留。

携手温馨家共建，并肩兴旺业同修。

儿孙贤孝皆优秀，恩爱夫妻仙侣犹。

尽览全球名胜地，余生美满乐悠悠。

桂峰晒秋音乐美篇

清筝婉转曲悠扬，妙韵酣飘百里香。

灰瓦青砖民朴屋，古风古色木雕墙。

坛坛醋酒弥醇醉，筐筐椒粮寓福祥。

佳照重温情倍暖，还疑又到桂峰乡。

苍 松

哪处飞来松树籽，悬崖缝长傲山峨。

狂风猛扫身仍稳，暴雨强冲难奈何。

足立瘠贫无怨地，宾迎热烈向天歌。

艰辛终报甘甜品，墨客争吟颂不阿。

咏香樟

叶茂枝繁峻栳樟，根深干伟气轩昂。

迎风冒雪身仍挺，饮露滋阳韵更长。

去浊除污担使命，弥香送氧美名扬。

情牵大地江山壮，翠染神州做栋梁。

官丽珍兰花画

幽兰在室高风品，淡影贞娴雅韵熏。

细叶常青三友赞，芳枝秀洁四时欣。

台前素志留尘意，笔下知音识笃勤。

貌似纤柔非弱质，慧心巧手感天君。

红 叶

丹枫吐艳扮秋浓，点亮神州醉望中。

日沐更添千簇火，风吹犹舞万山红。

露滋月照枝头笑，雨打霜侵傲碧空。

蝶梦一帘堪告慰，但将热血布林丛。

兰花展

红梅谢后秀兰开，一缕清芬暗送来。

花薄如绸娇欲滴，叶长似锦美犹裁。

昨天忍痛家离别，今日含羞展馆台。

香祖虽然离故土，未消幽韵赏惊呆。

题旗袍秀视频

春风拂柳水清清，硕果牵枝萌晃莹。

委婉歌声萦两耳，妖娆身段掠双睛。

秀来古典旗袍韵，唱响中华文化精。

淡定从容斜日美，吉祥如意享康平。

再唱小苹果儿歌

深情柔唱小苹果，花甲须臾又返童。

慨忆园中踢毽子，馨思课内坐如钟。

岸边喜赏鱼嬉戏，田里欢抓萤火虫。

似水光阴东逝远，秋霜早已满头融。

有感王希孟《千里江山图》

江山千里美多娇，无数英雄竞折腰。

执笔挥毫烟沁纸，行雯流水宇呈娆。

挚心妙手春秋写，盖世丹青今古骄。

神赐天才谁可比？犹闻希孟笑云霄。

二二年春晚节目《只此青绿》

娉婷淑女美多娇，广袖轻扬舞细腰。

娓娓琴声讴古韵，悠悠曲调颂今朝。

无双才气令天妒，独一丹青惊世骄。

千里江山图复活，感欣希孟乐逍遥。

五位同龄同事照

装萌扮嫩同龄乐，笑似银铃镜下嬉。

花甲分明呈面老，垂髫却返焕颜奇。

回眸往事清犹昨，再赏余晖美似诗。

浮世无常颇感慨，从容淡定不多思。

感艺术家姚慧芳刺绣作品

线似墨香针像笔，绫罗绸缎绣妍妆。

一双灵手传神韵，万段金丝布锦装。

灿灿花枝形栩栩，萌萌禽兽眼汪汪。

天工巧夺如生画，走向全球誉四方。

郑百重老师海上丝路新篇章画

巨幅丹青观眼润，多娇画面韵弥香。

群山似黛无边翠，城堑犹龙万里长。

百艇扬帆攻恶浪，千松迎客着青裳。

豪情怀满挥酣墨，海上丝途赋锦章。

风　光

光铺湖面荡轻舟，柳吻漪波拂颊柔。

闪烁彩虹添妙韵，逐欢异鸟夺灵眸。

百花竞艳香千里，万岭含青润九州。

醉赏此般娇媚景，尤珍墨夜月如钩。

夏之夜

点点星光若亮虫，依依围绕赏芳容。

晶莹嫩叶犹绫缎，剔透莲苞像火笼。

月照荷花花更艳，风吹藕韵韵尤浓。

妖娆夏夜迷蜓至，慕美含羞立蕾中。

题图·美女观雪景

风吹雪舞霜凌冷，美女亲临百卉惊。

皓齿樱唇乌发亮，纤腰长腿弱姿茕。

眸观败叶悲春短，手抚残枝悯意生。

花绽花凋今古事，潮掀潮落赏涛声。

孔　雀

玲珑头嵌花几朵，抖展豪呈锦羽装。

五彩斑斓观眼润，娇妍妩媚赛金凰。

姗姗闲步凝仙气，烁烁莹珠闪韵芳。

如意吉祥人间赠，家家户户迈康庄。

夕阳红

红鱼戏水迷波滟，彩蝶追花慕果鲜。

植卉葱茏新蕾吐，玉盘明媚长空悬。

古稀老伯歌声亮，半老徐娘猫步妍。

谁道夕阳昏已近，光芒四射醉眸前。

题视频·大丰山上

旭日冉冉浮海面，金辉溢彩凤飞腾。

斑斓霞朵犹绸缎，绚丽虹光似锦绳。

委宛清音闻欲醉，迷蒙薄雾幻悠升。

大丰山上多娇景，一首讴诗韵更增。

吟 春

殷殷甘雨润春田，柳隐鹂飘湖泛涟。

遥望苍松伸劲臂，近观媚蕾露娇颜。

南来翱燕巢精垒，北往翔鸿队巧编。

无限风光惊客梦，激情四射赋佳篇。

帖绣孔雀美图随感

小巧头安几翠芳，浑身璀璨莹汪汪，

千玫钻石镶绸缎，万段金丝绣锦装。

洁白荷花呈立体，斑斓羽翼闪灵光。

帖来如生栩栩画，欲引仙宫美凤凰。

感高洪懋老师美画

含黛群山起伏延，飞流万丈落青天。

松苍翠吐增鲜色，艳蕾羞开展媚颜。

戏浪水牛情切切，翱空鸿雁意绵绵。

风光无限滋眸眼，心旷神怡赋美篇。

梨 花

万亩梨花带笑开，还疑仙女下凡来。

含羞溢韵滋眸眼，吐蕾弥香漫玉台。

绮态优姿春巧剪，清芬丽貌雨精裁。

痴情骚客竞诗赋，醉里流连家忘回。

漫步母校西峰小学

晴天漫步在西峰，梦里书香今又逢。

喜赏校园寻旧迹，欣观教室换新容。

当年学伴身何处，此刻羁心是否同？

馨景追思清似昨，童真幕幕映眸中。

漫步母校福州三中

三中府里忆三中，五味纷呈绪万重。

昔日含伤离母校，今天怀怅赏园容。

书声阵阵馨传耳，愿景张张憾映瞳。

其境如临添满悔，光阴何不越时空？

春 行

三月风光多浪漫，闲来结伴踏春行。

神工巧绘七颜景，妙手精摹无限情。

绽艳群芳开万里，弥香百卉八方萦。

将临夜暮终回府，耳畔还传琴瑟声。

咏岸边冬柳

抽枝吐翠映云霄，雨润阳滋美细腰。

俯首梳妆窥水镜，含烟飘舞引鹧鸪。

韶华舞尽春终老，退净青丝魂渐销。

衰体从容随节序，无钩欲钓鲤千条。

四季风光韵不同

繁花怒放溢香浓，四季风光韵不同。

春至鹅凫欢戏水，夏临蝉螗喜吟风。

秋邀菊笑霜凝艳，冬有冰镶梅绽红。

万物皆随时序转，浮生理应淡从容。

暖 风

渐暖江南动柳风，日柔雨细遍青葱。

韧枝带笑镶花朵，彩蝶含情舞卉丛。

澈水似呈仙子殿，醉眸犹见素娥容。

霾消雾散清瘟疫，绮梦欣圆干几盅。

诗书画余生

两鬓盈霜逸趣长，追元步宋逐隋唐。

敲声捕韵灯前乐，绘画临书纸上香。

苦作十年终结果，回眸双眼泪成行。

夕阳虽说离昏近，绚丽余光万丈芒。

阳春三月西湖美

三月阳春美没涯，西湖丽景众人夸。

穿绦紫燕赞纤柳，戏水红鱼追明虾。

岸上夭桃羞照水，心中妙句媚生花。

时临傍晚知回府，一路清吟醉落霞。

阳春踏青

阳春三月踏青时，丽景无涯宛似诗。

百鸟欢歌争美嗓，千绦婀舞竞娆姿。

逍遥醉赏奇葩媚，惬意馨吟妙韵随。

风促闽乡温暖早，甘霖香露润新词。

重阳踏游

西风瑟瑟似秋歌，菊桂香飘满岭坡。

挽袖登临峰顶望，征鸿列阵日边梭。

霞光远岫皆红透，暮景欢愉晒绿禾。

岁岁重阳心不老，踏游作赋喜吟哦。

圆月入佳诗

晚风款款柳飘丝，李白桃红缀满枝。

泛彩漪波堪作画，通幽曲径好寻思。

凉亭静坐敲平仄，漫步春堤琢韵痴。

楚楚稀星萌眨眼，一轮圆月入佳诗。

家族联谊

欣逢盛会心花放，细说家乡话祖先。

共享佳肴欢曲乐，同拍美照秀姿妍。

宗亲团聚情深厚，血脉相融意挚绵。

疫阻三年联谊续，岂能隔断上官缘。

上官婉儿

涂云纵笔才横溢，大略雄谋傲凤钗。

绝代女神存义魄，倾城美誉祭忠骸。

上官诗体精承引，吏事宫规巧理排。

爱国忧民呕沥血，婉儿功绩岂能埋？

咏上官婉儿

卅年掌诏占杰魁，智慧非凡旷世才。

律正韵纯词句妙，兰心蕙质美人胎。

诗风引领上官体，史事明通巧铺排。

兼美三朝肝胆奉，功名自有后人裁。

漫步西湖

水光潋滟美如绸，五彩斑斓一叶舟。

吐翠柳丝飘妙韵，争鸣雀鸟展清喉。

萌萌冉日多风景，散散游园几士头。

夜幕降临添浪漫，当空皓月似弯钩。

诗词情缘

无惧光阴飞似箭，从容惬度剩余年。

情怀词媚犹魂系，心念诗庄像梦牵。

淡写仄平搜虑苦，轻描韵仄捕难研。

熟吟今古名师句，但愿来朝赋锦篇。

活在当下

光阴似箭去难守，窥镜惊眸镜里人。

回首倍知韶岁贵，低头尤感暮年珍。

吟诗作画能修性，泼墨挥毫可养身。

余日如歌馨惬意，放飞梦想守童真。

题葡萄画

紫黄墨白雅描装，亮似珍珠掠目光。

有致细粗枝叶翠，相宜浓淡果汪汪。

枚枚饱满娇妍媚，粒粒晶莹剔透芳。

栩栩如生超立体，醇醇香韵沁心房。

有感人妖

医学尖端犹鬼斧，人妖仙似下凡宫。

玲珑小口含悲眼，纤细柔腰隐帅翁。

劲舞一支迎贵客，高歌几首响晴空。

自然扭曲违天性，坎坷艰辛难诉衷。

冬奥开幕

虎啸寅春开盛会，冰墩送瑞五环新。

黄河流水从天降，松翠伸枝迎远宾。

圣火重燃情万丈，金杯屡夺泪流频。

国歌奏响红旗展，澎湃心潮精气神。

知足知恩

一生富贵本无缘，知足知恩馨乐连。

当下身疲人已老，曾经梦美愿成烟。

纵然寿体泥埋半，依旧诗词书画研。

韶华未珍难喻悔，年超花甲也加鞭。

感上官家族研讨会

欣逢盛会心花放，问底寻根探调研。

共拜祖宗思绪远，同燃香烛念先贤。

发扬传统抒心志，书谱翻新热泪涟。

不忘初衷铭历史，振兴家族意尤坚。

感用笔书写到电脑打字

以笔书文几千年，改为打字入屏前。

敲敲手指观天下，点点光标妙句连。

删剪保存分秒就，插图编辑瞬成篇。

狼毫未废正兴旺，犹见蒙恬热泪涟。

"蒙恬"秦朝时期名将，曾改良毛笔被誉笔祖。

重恩轻怨

人间冷暖品当尝，往事难辞脑里藏。

厚义深深思沁暖，寡情薄薄忆添伤。

滴恩铭记甘泉报，重怨遥抛美德扬。

大肚能容奇罕事，温馨生活福安康。

悲怀我二姐官惠贞

悄然乘鹤驾匆匆，难诉悲伤脑已空。

千载良缘成姊妹，全身热血脉相融。

情怀仙界望穿眼，念姐心贤一世功。

云挡层层音貌杳，追思无尽梦乡中。

给女儿织小天鹅连衣裙

千针万线不知倦，巧构萌萌小鹄装。

裙摆镶边围玉叶，胸前绣蝶恋葩芳。

年年秋月精心织，岁岁吾孩着趣裳。

自古女童多爱美，弄姿亮相眼盈光。

"小鹄装"是我给女儿织绣的小天鹅连衣裙。

每逢佳节倍思亲

每逢节日倍思煎，聚享天伦梦里牵。

创业他乡孤客子，归心故土会亲前。

举杯共祝安康岁，欢曲同歌福瑞年。

汽笛一声肠已断，依依告别泪涟涟。

题陈冷月老师美画

峰峦叠嶂势逶迤，九曲回环绵亘奇。

直干根深形伟悍，枝繁叶茂志难离。

层层云雾影迷幻，浩浩松风神旷怡。

豪迈临姿挥翰墨，如生妙画栩淋漓。

《中华上官（官）氏通志》

家族贤才夙愿酬，撰书通志雪盈头。

寻根问底忘饥寐，对谱查修不胜愁。

心系上官情万结，缅怀先祖绪千柔。

无私奉献正能满，任怨甘当孺子牛。

赌棋学子到江田

风尘仆仆到江田，仰圣寻根探调研。

共拜先贤思绪远，同燃香烛想当年。

挥毫泼墨抒心志，作画吟诗展韵妍。

赫赫赌棋传续久，弘扬国粹意更坚。

买下娘家留住娘家

忆起当年大宅楼，温情伴梦沁心柔。

双亲仙逝房空剩，孤锁门悬锈满留。

姐妹成婚谁守户？娘家归宿难言愁。

搬回老屋亡灵慰，天上爹妈笑泪眸。

热烈祝贺书画展圆满成功

祝酒欢杯吉瑞祥，贺英荟萃喜洋洋。

画娇痴赏眸滋润，展望书醋胆溢香。

圆妙青春抛热土，满头白发守残阳。

成全美梦还佳愿，功过登仙任检量。

英雄颂

步韵和毛主席《送瘟神》诗

封城锁道万千条，闭户全民尽舜尧。

疫鬼张牙侵楚汉，英雄挥剑断瘟桥。

舍生大爱惊天泣，忘我深情撼地摇。

待到凯歌缭绕日，烟花爆竹彻宵烧。

众志成城

步每行尾字和毛主席《送瘟神》诗

医防并措定条条，阻道封村尽舜尧。

疫鬼猖狂掀恶浪，英雄勇猛搭生桥。

双山二院江城落，万众一心天地摇。

舍己抛家行逆往，豪情似火在燃烧。

原玉：毛主席《送瘟神》诗

春风杨柳万千条，六亿神州尽舜尧。

红雨随心翻作浪，青山着意化为桥。

天连五岭银锄落，地动三河铁臂摇。

借问瘟君欲何往，纸船明烛照天烧。

颂志士

疫袭瘟侵不胜忧，宅家养性做词囚。

铺笺欲诉千桩事，执笔思掀万绪柔。

庚鼠无情施病毒，白医大义保神州。

感怀志士歼魔勇，一首佳诗泪眼讴。

铭记英烈

啼泣鹃花血泪融，木棉吐艳耀林丛。

红旗半降神州痛，汽笛长鸣大地忡。

感念英雄歼疫勇，情怀烈士保家忠。

救民舍己无疆爱，刻骨追思护国功。

20 年清明举国悼抗疫牺牲的英烈和遇难同胞。

二〇一八年福州家族联谊会

人在他乡魂系榕，隔屏联谊两相融。

听歌一曲心扉展，观舞几支掠眼瞳。

笑语连连情挚挚，欢声阵阵意浓浓。

深深感染兰贞我，酷似身临其境中。

太原晋祠侍女像

含羞容妩媚，欲步体轻盈。

垂地柔裙曳，盘头美发莹。

亭亭妍玉立，澈澈亮眸凝。

悲喜阴阳面，如倾苦乐情。

一尊侍女像左半边脸含笑意，右半边脸带悲伤。

晋祠三绝

圣殿威严见母仪，彩描祠女展仙姿。

清流似诉泉难老，馨曲犹弹意已痴。

幽径亭台弥古韵，飞梁鱼沼蕴佳词。

时空梦越身临宋，思绪萦怀赋美诗。

晋祠三匾

藏锋对越显真功，水镜台奇掠眼瞳。

难老澈泉惊紫府，醇香翰墨醉仙翁。

三花径口鸟声脆，八角亭边柏树葱。

圣母慈悲昭福瑞，百年名匾韵弥浓。

驱车千里探恩公

一路沐秋风，沿途似梦中。

植妍驰丽影，景美掠灵瞳。

日落龙城醉，光流满面红。

多年探谢愿，总算见恩公。

2020 年 9 月 14 日，夫妻俩自驾往太原探望恩公。

久别重逢

分离廿载怜霜发，卓立红尘志比松。

酣忆园中聊漫步，慨怀室内学勤功。

真心鼎助恩深厚，苦口劝留情挚浓。

虔祷双双安体健，朝天暗许再重逢。

愧受厚礼

石美砚稀莹润眼，书香笔健韵弥醇。

既存情谊知恩重，岂舍松煤染砚珍。

握手谢言虽礼薄，开怀惭色也心真。

沉沉贵品藏褒励，倍长初衷感念纯。

197

咏 春

春姑编彩缎，绦柳拂熏风。

雨润群芳媚，阳滋百卉丰。

林莺寻旧迹，梁燕筑新宫。

翱雁穿云外，歌泉悦耳中。

烟浮迷野鹭，霞染醉渔翁。

枝挂含羞月，江呈幻碧空。

李香弥紫府，桃艳竞长虹。

巨幅丹青画，痴情赋曲衷。

题图·美风光

青山镶翡翠，绿水泛漪涟。

烟雾蒙缭绕，霞云梦幻翩。

空阶流玉露，溶洞滴甘泉。

硕果扬眉俏，奇葩笑面妍。

海棠成熟日，脂色染园田。

鸟唱风光媚，蜂追花粉鲜。

落英犹蝶舞，降雨似丝悬。

醉赏如仙景，狼毫赋锦篇。

春 醒

殷殷春步急，切切意酬浓。

风拂群芳笑，阳滋百卉容。

湖鱼嬉耳语，蜂蝶绕园丛。

落雨珠牵叶，悬河缎挂空。

密绦犹缎幔，萤火似灯笼。

大雁书妍字，斑鸠唱劲松。

蚕丝牵织茧，花絮舞飘绒。

无限妖娆景，怡心醉眼瞳。

题图·仙人境

巍巍青岭下，渺渺浩江边。

霞羡空中绕，云迷岑顶翩。

古亭弥雅韵，曲径漫馨妍。

暖日滋花媚，柔风拂果鲜。

翔鸿书锦字，鸣雀弄悠弦。

凌水荷花笑，嬉溪鲤语绵。

天遗瑶界景，眼润养心田。

仙境高人享，馨居福连连。

春 游

惬意郊园醉鸟啾，湖山漪黛镜中收。

微风拂槛香盈袖，细雨穿葩翠照眸。

草茎茵茵芽吐嫩，芳荫楚楚色凝稠。

多情粉蝶萦花圃，似醉流莺绕绿洲。

燕掠沧波清影瘦，烟翻细柳碧姿柔。

半轮皓月摇飞阁，万点繁星缀画楼。

好景澄心堪入梦，高情濯魄自相酬。

红尘妙趣随机现，泼墨裁诗润笔头。

题图·美好余生

一夜如澄湛碧空，霞云悠幻五颜虹。

无忧蝉唱清音过，携梦莺鸣惬乐融。

艳艳红花环曲径，茵茵翠草叠幽丛。

飘香硕果怡心旷，弥韵娇荷养眼瞳。

散步沐阳身健硕，做操跳舞体康松。

挥毫泼墨修身性，作赋吟诗练脑聪。

亮嗓高歌情倍暖，放声朗诵意更浓。

余生美好尤珍过，自在逍遥赛仙翁。

词

牌

（词林正韵）

定风波·冬奥滑冰仙子

美貌柔腰宛若仙，考究服饰衬姿妍。
飞似游龙腾如燕，经典，高难动作接连连。
醉倒雪山冰雾溅，骇眼，嫦娥俯瞰悔当年。
不忘初心追绮梦，苦练，五环旗下谱新篇。

行香子·东风吹燕南归

一夜东风，大地春浓，芬劲漫姹紫嫣红。抽枝
吐蕾，蝶恋葩中。慕梨花媚，桃花艳，百花丛。

蜻蜓点水，绦丝拂面，燕双飞南往匆匆。馨窝
何觅，极目欢容。喜山葱郁，草葱翠，树葱茏。

江城子·海底世界·金鱼

精灵五彩巧玲珑。尾蓬松。肚隆隆。飘逸缤纷，
黑白紫蓝红。嫩腻肤犹蚕缎藕，欢自在，乐融融。

海洋世界鬼神工。万鱼虫。藻千丛。起舞翩翩、
海阔任游中。婀娜姗姗萌态酷，滋脾肺，养眸瞳。

桂枝香·感恩遇见

诗情未了。憾学浅才疏，书念颇少。提笔佳篇难赋，世情难表。胸翻五味瓶惭懊，现如今、体渐衰老。久行疲惫，珠黄眼涩，发丝干糙。

想当年、青春智脑。却废贵光阴，心如刀绞。花甲之年，心态未衰真好，感恩遇见人间美，夕阳虽落妖娆貌。诗词书画，修身养性，福星高照。

满江红·寿山石宴

鬼斧神工，精湛艺、斑斓色巧。几十载、探雕辛旅，脑浆堪绞。宝剑锋从磨砺出，香梅艳自冰凌俏。寿山石、腐朽化神奇，呱呱叫。

蒸螃蟹，油煎饺。烧鸭脚，花生枣。百盘荤素菜，逼真惟肖。千古石稀山醉睡，一朝肴罕民惊晓。满汉席、惊艳誉全球，中华耀。

寿山石雕"满汉全席"2019年在福州南后街百宴轩展出。巧取石色，形态惟妙惟肖的143盘美佳肴令我叹为观止，流连忘返，不禁得此词。

汉宫春·秋韵浓浓

秋染层林，绘千山万水，笑对骄阳。红枫醉抒妙韵，菊绽金黄。含羞丹桂，望碧空、星象呈祥。霞沁彩、白云胜雪，锦书鸿雁情长。

莫道残花落尽，甚是凄戚景，稻却飘香。卖萌牵枝硕果，众赏神昂。园农更喜，有谁知、汗似浇裳。耕种苦、唯期今日，丰收获笑声扬。

沁园春·诗书画群

光洒群间，四面光明，八方妖娆。看诗词曲赋，何其韬略，丹青翰墨，乐此魂销。绮韵书香，银钩铁画，亮我华章一试高。承传统，聚文人墨客，尽展风骚。

初心从未移摇，互切磋、升华倍感骄。忆秦帆汉海，添姿溢彩，唐风宋雨，梦里飘飘。一笔之师，情深义挚，妙作莫言赏折腰。互鼓励，更振强大国，奋起今朝。

沁园春·夕阳尤红

日照神州，春回大地，蕾绽花丛。看白云追梦，彩霞流韵，雄鹰展翅，鸿雁翔空。往事追思，千头万绪，百感于心泪溢瞳。问天帝，能否赊百岁，窃笑痴童。

任凭憾事随风，对明月，抒怀意万重。叹人生虽短，尘缘却厚，初心难弃，逸趣尤浓。莫道龄高，雄心不老，自信盈怀步从容。余岁美，醉享诗书画，夕日尤红。

沁园春·夏日福州

闽夏骄阳，百里蒸笼，万里烤烧。望闽江上下，层层热浪，娇妍美女，个个妖娆。时尚纱裙，衣装甚短，惠女无她腰露糟。难为是，众露天工汉，汗水如浇。

福州温热滔滔，引无数、英雄竞折腰。惜南昌重庆，略低温度，合肥上海，没此糟糕。一大蒸箱，闻名武汉，也比榕低温热稍。古今往，大中华温度，当数榕高。

沁园春·冬奥乐赋

虎啸寅春，美丽京城，雪朵婀飘。望西山脚下，鸟巢馆内，五环相映，百卉争娆。逐鹿群雄，逼人英气，俯瞰天仙尽折腰。观花滑，朱易翩翩舞，技艺高超。

"莎皇"蟹步如妖，似陀转、身旋媚射雕。看中华女足，坚强拼搏，须眉不让，金奖光撩。跳上高台，爱凌夺冠，含泪双眸写满豪。精英荟，赛场高强竞，各领风骚。

沁园春·触景感怀

眨眼繁星，悬空圆月，李艳桃丰。看春风拂柳，鹂莺摇幔，羞花绽蕾，蜂蝶萦丛。澈水流蓝，青山含黛，列阵人书振翅鸿。神州美，大地铺华彩，旭日当空。

牵枝缀树霓虹，旗帜绚、飘掀绪万重。叹江山锦绣，国家昌盛，人民幸福，百业兴隆。无数先驱，英雄烈士，洒血抛颅旗染红。换今日，做主当家喜，其乐融融。

江城子·姐妹扬州之行二首

其 一

夕阳且放旭阳光，艳衣装，淡颜妆，鬓角染霜，
双眼涩干黄。昔日女郎花甲往，将迟暮，又何妨。

临湖杨柳拂春芳，逐波汪，鸟惊慌，点点帆船，
光溢媚花香。皮秀亲情欢笑语，温馨暖，沁心房。

其 二

清筝缭绕雅琴轩，曲绵绵，舞翩翩，玲巧伞妍，
欲掩媚娇颜。婀娜多姿身段美，天上女，下凡间。

活蹦红鲤烤蒸煎，罕肴鲜，欲尝先，等候痴痴，
早已尺垂涎。炒饭堪称苏第一，尝多次，却流连。

江城子·水母

稀奇水母美无穷，瀚龙宫，育娇容，肤腻如绸，
绚丽胜霞虹。游动轻盈悠自在，亲海藻，吻珊虫。

海洋世界显神通，美无穷，罕鱼丛，异卉奇花，
紫府似临中。心旷脾怡滋眼润，弥妙韵，醉仙翁。

江城子·姐妹西欧之旅三首

其 一

夕阳且放旭阳光，赴西方，赏风芳，时尚衣装，
发染淡棕黄。昔日女郎花甲往，珠已涩，又何妨。

丽都美女媚端庄，面浓妆，发金黄，时尚高挑，
鼻挺眼凹汪。立体五官姿有范，超美丽，掠眸慌。

其 二

异乡冬景赏欣欢，雪馨传，眼望穿，飘逸缤纷，
欣喜捧冰砖。素裹银装无际望，千万树，满梨繁。

冰天雪地景初翻。醉眸观。耍疲酸，拍照姿狂，
个个老童顽。皮秀至情年纪忘，抛掷雪，笑腰弯。

其 三

西餐久品腻心慌，果蔬荒，眼发黄，出现唇干，
流血甚惊惶。国内稀粥都习惯，无绿菜，泪汪汪。

九全九美已风光，异芬芳，赏痴狂，建筑奢华，
高大壮辉煌。心旷神怡流忘返，馨记忆，刻心房。

卜算子·秋咏

风拂丹桂娇，雨润金英切。

片片枫林染天红，更待含羞月。

诗山咏花开，画苑临鱼跃。

渐下残阳意从容，灿灿殷如血。

忆秦娥·梦幻宫阙

江湖阔，波光万顷情深切。

情深切，澈映夜空，诚邀星月。

水天一色景观绝，藏莺柳羡亲漪悦。

亲漪悦，玉盘闪烁，梦幻宫阙。

鹧鸪天·林间抚琴

暂放尘劳林隐间，纯青色景也新鲜。

无忧无虑琴弦抚，万苦千愁笑面颜。

声漫漫，曲翩翩，人生看淡扫烦煎。

逍遥自在祥和美，幸福温馨赛过仙。

卜算子·西湖

漫步赏西湖，花圃悠闲坐。

难挡妖妍摘不忍，人已诗中堕。

咏尽群山娇，讴遍千葩朵。

闭目沉思香溢来，阵阵馨流过。

谒金门·题短视频

莺昵语，比翼双飞白鹭。

风掠湖堤飘柳絮，锦鲤欢嬉聚。

哪处悲歌传屡，如诉声声泣语。

一股莫名愁满绪，思乡情难叙。

鹧鸪天·黄龙彩池

仙落瑶池彩带间，五光十色醉眸前。

碧波魂绕池心树，翠叶风扬水岸边。

绚灿烂，美娇妍，如痴如醉梦翩翩。

稀奇妙景君知否，带你观光尽笑颜。

减字木兰花·咏国庆

西湖漫步。漪荡青波丝柳舞。

彩蝶翩跹。羞涩群芳妩媚妍。

情怀国庆。泼墨笔歌诗共咏。

展望前程。再绘宏图劲更增。

一剪梅·题图·独子护理双亲

左右双亲病榻留。独守床前，无限担忧。

看瓶护理已无珍，达旦通宵，劳累无休。

疲惫身心泪满流。医神皆求，堆币如丘。

愿倾所有报亲恩，恨气难争，甚感惭羞。

水调歌头·惬咏中秋

明月几时有，极目望星空。嫦娥仙女，玉盘光烁映娇容。起舞翩翩婀娜，欢曲声声欲醉，潇洒帅刚公。捧来桂花酒，欢乐满天宫。

银河阔，金星烁，锦花丛。欣逢节日，华夏儿女举杯中。同庆抗瘟硕果，共祝国家昌盛，户户喜福融。个个安康寿，惊羡众仙翁。

减字木兰花·二月二

霞飞云绕。解禁西湖春已到。

丝柳飘飘。李白桃红分外娆。

佛光普照。二月初二龙降到。

瘟鬼逃跑。鸿运当头享华韶。

苏幕遮·十月金秋九寨沟之旅

美风光，真气派。浓烈山沟，松翠斑斓海。

宝石清幽奇丽彩。叠瀑群山，雄壮心澎湃。

震天灾，摧九寨。山毁湖干，满目疮痍骇。

绝世景观今不在。仙境瞬消，令众悲生慨。

满江红·冬奥会乐赋

玉蝶飘飘，姿曼妙、似仙葩洒。桃蕾孕，蜡梅含笑，青山含黛。花谢花开花不败，春来春去春常在。冬奥会、举世共心牵，同期待。

怀绮梦，情豪迈。争夺冠，丝无怠。场中雄风展，震惊瑶界。登上奖台情万丈，国歌奏起心澎湃。五星闪、赤赤国旗飘，全球楷。

卜算子·铭记师恩

身临三尺台，育后心专注。

笑看银霜染满头，无悔青春付。

书山勤为途，学海舟辛渡。

桃李香弥盈天下，俊杰培无数。

南乡子·喜看梅开

风扫落花纷，戚戚飘浮到舍门。

犹似天涯赊酒客，迷魂。几朵残花破俗尘。

日落近黄昏，怎奈清霜日日屯。

一晃数年人又老，伤痕。但见寒梅喜报春。

倾杯令·闲情逸趣

心系丹青，魂牵翰墨，雅趣逸情真好。

临画吟诗驱恼。修性舒心愁扫。

抽闲尽览山河貌。体增强、福星高照。

寻幽览胜心捣，美纳诗囊甚妙。

卜算子·湖边柳树

新装吐翠翾，临水羞窥貌。

慕美黄莺紫燕来，嬉戏绦帘绕。

任凭雪霜凌，不妒奇葩俏。

无意争芬韵更浓，惬摆柔腰笑。

浪淘沙令·忆父母

长夜漫难眠，馨忆千千。双亲身影现眸前。

难叙亲情千万遍，憾恨绵绵。

梦见喜欢颜，万语千言，道无尽想念熬煎。

美好时光真短暂，又化云烟。

临江仙·出水芙蓉

出水芙蓉美艳，霖滋绿柳低垂。

婷婷娇蕾绽芳菲。蝶蜂欢尽慕，紫燕恋双飞。

风拂罗裙起舞，莲花笑脸青衣。

蛙歌鱼语赞丰姿。游人心欲醉，迷赏忘家归。

卜算子·梦遇

梦乡弥韵芳，觅觅寻花景。

叶翠葩红扮丽园，姐妹欢惊醒。

昔日手足情，今梦含悲咏。

二姐声声凄呼喊，难见贤佳影。

醉花阴·春光

风扫澈湖云影乱，翠柳飘两岸。

百鸟竞清音，千卉争妍，妙韵香弥漫。

北鸿展翅冲霄汉，紫府仙惊叹。

撒下美琼花，千岭飘芳，万里春光灿。

钗头凤·清明祭

青松壮，祥炉旺，悼传钱物金衣放。凄风雨，
鹃悲语。至情难续，憾遗千许。叙、叙、叙。

恩难忘，穿眸望，痛怀仙界思追往。馨乡赴，
涌千绪。长违珍倍，梦惊思遇。聚、聚、聚。

卜算子·偶得

风吹金柳飘，遍地黄花缀。

樱赤枫红染碧海，天象呈祥瑞。

豪情咏江山，柔意临兰蕙。

缕缕幽香犹闻醉，雅韵滋脾肺。

三字令·题图

枝吐翠，水流潺。雪山寒。霞似火，

媚藤缠。醉迷酣，流忘返，顶晃攀。

谁执笔，绘山川。妙奇观。神睹泣，

鬼闻酸。想联翩，情难禁，赋诗篇。

钗头凤·美诗词

风吹柳，春江皱，激情怀满诗弦奏。楹联对，

律声配，百花争艳，果丰枝缀。美、美、美。

良师友，才情厚，唱酬平仄词情秀。音谐美，

韵浓味，中华文化，世界之最。慰、慰、慰。

眼儿媚·赏秋容

闲步西湖观秋容，彩菊缀坪丛。

植妍珠驻，柳丝垂露，碧海飞鸿。

满园秋色滋眸眼，迷赏醉朦胧。

联翩浮想，犹临梦境，似入仙宫。

浪淘沙令·望鸿雁

落叶舞纷纷，扫尽残红，登高极目望飞鸿。

此去南天几万里，险峻重重。

一世短匆匆，万事终空，天伦尽享乐融融。

高唱《夕阳红》一曲，其乐浓浓。

行香子·惬度余生

美丽斜阳，疲照西墙。黄昏后百鸟归翔。回眸甚悔，
虚度韶光。叹发无泽，体无壮，眼无汪。

秋风习习，还温乍冷。望余年，惬意安祥。诗书画伴，
笔墨馨乡。愿国恒昌，家恒旺，体恒康。

诉衷情令·七夕

残云缺月寂寥星。似海深天庭。

鸳鸯棒打离觞，喜鹊恤真情。

桥羽搭，七夕迎。泪眸凝。

良宵恨短，相思难诉，天已黎明。

浪淘沙令·忆二姐

一曲夕阳红，舞步如风，情怀二姐绪重重。

几度徘徊牵手处，可惜人空。

思念意浓浓，悲泪盈瞳，凝眸碧海盼飞鸿。

寄我哀思祈闻见，二姐音容。

青玉案·漫步西湖

张灯结彩千千树。赤旗展、排排竖。车似长龙停

一路。如潮游客，匆匆脚步，赏景西湖赴。

妖娆景色欣欢睹。悠曲高歌耳边鼓。台上演员欢

歌舞。蓦然回首，亭中男女，吟诵阑珊处。

忆秦娥·赏春光

春来了，云柔霞媚阳光耀。

阳光耀，百卉竞妍，群芳争俏。

微风轻拂波光渺，妖桃灼灼讴诗鸟。

讴诗鸟，景观留下，可惜人老。

虞美人·初夏有怀

樱桃不羡榴花耀，含媚牵枝俏。

殷殷雨露润瓜缨，絮舞绒飘柳曳、丽图呈。

嫣红姹紫随春去，荷舞罗裙屡。

恋花迷蕾蝶蜂飞，田野虫鸣蛙鼓、夏锄催。

浪淘沙令·小学同学久别重逢

圩载瞬时光，久别同窗，当年学海共驰翔。

课外一同嗨尽耍，萌趣难忘。

互悯发添霜，眸涩无汪，欢歌叙旧诉衷肠。

低度酒斟人已醉，馨沁心房。

忆秦娥·春来早

春来早，蒙蒙烟雨迷茫渺。

迷茫渺，柳吻青波，点水蜓晓。

孤舟一叶远行小，银珠缀叶千葩耀。

千葩耀，神怡心旷，忧愁皆扫。

南乡子·荷塘风光

苞绽几芳菲，蛙鼓蝉鸣锦鲤肥。

明月凌波添浪漫，迷离。浮想联翩意已痴。

风拂柳丝飞，笑脸荷花秀锦衣。

婀娜多姿羞妩媚，心迷。醉赏游人家忘归。

南乡子·姐妹结伴长乐喜踏青

结伴喜春游，途景妖娆眼底收。

游客尽情拍美照，恒留。芳草茵茵嫩似油。

枝剪植如球，一叶孤舟搏激流。

水溅颊凉心旷爽，馨柔。万岭含青润九州。

相思引·怀念二姐

夜雨敲窗惊梦魂，温柔乡别绪纷纷。

哀思难寄，想姐泪悲吞。

怅忆桃林同合影，琴楼筝试惬温存。

西湖曼舞，尽享乐天伦。

忆秦娥·秋日感怀

秋风骤，飘丹枫叶扬金柳。

扬金柳，娇娇花瘦，楚楚怜藕。

风吹湖面波光皱，余晖西下黄昏后。

黄昏后，一杯红酒，《夕阳红》奏。

钗头凤·题图·美丽春光

红阳暖，春光恋。燕穿丝柳绦帘乱。枝头鸟。唱
萌调。寂寞嫦娥，俯观尘貌。懊、懊、懊。

桃苞绽，梨花灿。蝶蜂香慕围葩转。佳人窕。比
仙俏。眉目传情，似笑非笑。妙、妙、妙。

点绛唇·漫步西湖

漫步西湖，逍遥尽赏花千树。

晶莹珠露，叶上花间附。

满苑芳菲，香韵弥千户。

疑仙府，花仙齐聚，迷惑一头雾。

忆秦娥·悼袁隆平

声声切，追车送别肝肠裂。

肝肠裂，深深怀念，哀泪悲咽。

情怀愿梦忘饥歇，千重麦浪凝心血。

凝心血，无私奉献，清风高节。

青玉案·题图·养生仙境

如绸云幻无穷尽。曲径雅、奇葩嫩。溪澈河清鹅翅振。海棠吐艳，古亭弥韵。众鸟争飞迅。

神仙宫殿凡间隐，无限风光媚娆蕴。散步沐阳馨阵阵。神怡心旷，胆滋肝润，体健身柔韧。

清平乐·赏春光

金鸡报晓，日出神州耀。

万岭含青枝鸟叫，李白桃红美俏。

惊艳驻足闻香，如蝶恋媚迷芳。

倩影丛中留下，不负美丽春光。

鹧鸪天·赏风光

冉冉朝阳暖意融，翩翩细柳舞春风。

百花竞艳牵枝笑，万蝶迷香绕卉丛。

云似梦，蝶如弓，水天一色远征鸿。

如临仙境游人醉，回府迷途问牧童。

青玉案·西湖菊展一角

千千闪烁灯盈树。五彩卉、承珠露。篮撒万花铺一路。难描绚丽，玉盘羞住，游客惊停步。

景观虽属人工塑。却似天宫暂尘驻。仙女纺绫编锦布。如临幻境，频频四顾，未晓身何处。

诉衷情令·春雨

阳春三月沥绵绵。绦柳韧如鞭。

山含黛瀑垂帘，千蕾绽争妍。

漪闪潋，水凝烟。雨描圈。

红鱼影映，白鹅波戏，美醉心田。

鹧鸪天·感端午

舟似蛟龙江竞追，劈风斩浪展雄威。

助声阵阵敲锣响，击鼓频频震霭徊。

棹奋划，哨强吹，豪情万丈满颜辉。

问天不语离骚泪，屈子忠魂青史垂。

喝火令·清明雨落纷纷

沥沥清明雨，思亲绪更沉。似闻亲唤意难禁。遗憾满怀哀痛，锥似扎吾心。

夜里欣相见，长违泪满襟。尽倾思苦报佳音。梦也天伦，梦也沐恩深。梦也谛听叮嘱，大爱实难吟。

阮郎归·春行

风吹静水皱波涟，沿湖桃李妍。

蜂飞蝶舞慕花鲜，飞鸿翔碧天。

山含黛，峻绵延，纤绦翠柳翩。

安家紫燕筑巢坚，呕心楚楚怜。

阮郎归·回想当年

登高攀顶步仍坚，失眠未改颜。

如今身体远输前，人难抗自然。

两眸涩，鬓霜延，脆牙怕冷酸，

初心依旧续佳篇，放飞绮梦翩。

阮郎归·福州西湖官家村

西湖漫步赏风光，登高望远方。

马福桥上看斜阳，千千绪彷徨。

慈父语，暖心房，双眸泪已汪。

悠悠湖水叙沧桑，曾经美故乡。

阮郎归·秋思

秋风劲拂促枫红，菊花弥韵浓。

层林尽染傲苍松，涓涓流水淙。

云缈缈，月蒙蒙，稀星萌眨瞳。

思乡游子绪无穷，柔情寄雁鸿。

阮郎归·惬步湖堤

风吹澈水泛漪涟，青绦翠柳翩。

人书大雁向云天，千山凝锁烟。

燕语悦，鹊歌欢，声声啼杜鹃。

桃羞李腼意绵绵，春光不胜妍。

阮郎归·诗心醉伴夕阳红

春风一夜潜闽乡，榕城换锦装。

莺歌燕舞柳丝扬，百花绽蕾香。

留美照，描淡妆，镜前姿摆忙。

眉书自信焕容光，诗心醉夕阳。

鹧鸪天·重阳节有怀

万仞千峰换锦装，金英吐艳桂飘香。

枫犹火焰江中画，柳似金绦岸上扬。

仙遗景，掠眸光，云霞溢彩寓嘉祥。

登高望远千千绪，一首乡情绮韵长。

鹧鸪天·端午节日抒怀

五月端阳景色幽，清江水涌竞龙舟。

雄黄酒举朝天问，艾草门悬寄古愁。

忧国苦，恤民柔，魂归汨水水悲流。

屈原懿德千秋颂，豪句《离骚》万代讴。

定风波·观视频联想

款款秋风荡潋波，千枝万叶舞婆娑。

燕舞莺歌迷花朵，柳娜，骚人情系咏诗歌。

一叶孤舟湖岸锁，灯破，犹倾浮世道蹉跎。

长夜无眠千绪过，静坐，如烟往事汇江河。

鹧鸪天·王瑞老师画

飞瀑倾崖漫紫烟，高歌劲曲撼云天。

花开蕾绽养眸眼，燕啭莺啼落画笺。

山含黛，水摇涟，诗情画意沁心间。

挥毫泼墨抒胸臆，栩栩丹青别样妍。

鹧鸪天·诗词曲集完稿

还未龄高就退休，诗词书画曲知求。

挥毫泼墨身心健，作赋吟哦岁月稠。

初衷美，逸情柔，勤耕细作十余秋。

书终完稿精神爽，再谱佳篇更一楼。

定风波·漫步在西湖

旭日凌波泛彩涟，桃红李白柳丝绵。

燕舞鹂讴莺歌练，浪漫，红男绿女舞台前。

老伯大妈身锻炼，快看，旗袍佳丽秀姿颜。

三月阳春春色烂，赞叹，西湖景色更娇妍。

蝶恋花·攀墙花

万蕾齐开香劲吐。满目芳菲，婀娜翩翩舞。

叶茂枝繁墙满附，如绸似锦娇颜驻。

可惹邻家群卉妒？红遍凡间，馨韵弥天府。

百态千姿留客步，此情难抑佳篇赋。

蝶恋花·题短视频

细雨微风消酷暑。玉碟镶珠，摇曳芙蓉舞。

震耳欲聋汹瀑布，飞流崖挂连天注。

小草茵茵花绽怒。翠鸟斑鸠，谐唱讴苍树。

骚客惊眸情尽诉，妙词欲引秋匆步。

虞美人·同是鸟类不相同

滇池鸥鸟迎宾唱，觅食停人掌。

温馨场景动天容，万里无云明镜、碧蓝空。

草坪百鸽姿萌酷，笑泪盈双目。

不虞喂恐去无踪，鸥鸽虽然同类、不相同。

南乡子·志不移

夏去送秋回。风拂衰花败叶飞。

灿灿红枫燃似火。雄姿。触景生情绪万丝。

浮世象盘棋。每步都须细解题。

几位方能交锦卷？仍迷。未改初心志不移。

蝶恋花·题短视频

含笑荔枝牵满树，彩蝶翩跹，恋粉花间驻。

锦鲤戏波蛙劲鼓，罗裙摇曳娇荷舞。

垂柳万条沾雨露，古韵凉亭，闲侃人无数。

朗诵欢歌诗美赋，品茶对弈犹逢故。

蝶恋花·有感一百种鸟叫

旭日东升滋暖树，百鸟争鸣，谐唱讴诗赋。

亮嗓萌容柔丽羽，千姿百态玲珑趣。

鹏燕鸦鸪鸿雀鹧，莺鹊天鹅，品种无能数。

觅食万回呵子女，人们可解情多许。

蝴蝶儿·咏蝴蝶

田野中，草芳丛。

体轻姿媚细毛茸，亮圆小眼瞳。

迷恋香花粉，双飞意更浓。

一生虽短却从容，翠屏存影踪。

珠帘卷·秋思

秋风劲，皱波流。离枝落叶乡愁。

云雾蒙蒙如画，金英丹桂柔。

风雨人生如梦，家安体健无求。

烦恼事全飞遁，书杳杳，意悠悠。

青玉案·光照余生

蹉跎岁月途蒙雾。几十载、时辜负。慨叹平生无
建树。无知稚子，纯真少女，回首无言语。

浮生一切终烟缕。且把愁抛九霄去。翰墨丹青情
尽叙。夕阳西下，诗词曲赋，光照余生路。

蝴蝶儿·双飞蝶

山谷中，蕊枝丛。

五光十色舞春风，彩衣百卉融。

情系花香蜜，心牵卉葱茏。

成双成对意浓浓，画家临倩容。

珠帘卷·思秋

波光皱，水迢迢。新装柳隐莺飘。

丹桂弥香千里，金英含韵娇。

炎夏转身飞逝，回眸景入秋萧。

依树独怜花落，情脉脉，意焦焦。

行香子·秋日抒怀

秋雨绵绵，秋水漪漪，秋风里凋叶依依。离愁戚戚，

别语凄凄。望云蒙蒙，霞缈缈，雾迷迷。

红枫火火，黄花艳艳，极眸江上水漓漓。帆船点点，

雁阵齐齐。祷家安安，体健健，愿期期。

西江月·冬夜咏怀

圆月凌波惟肖，红梅枝缀含娇。

寒风拂过瓣飘飘，冷醒抱团眠鸟。

一世浮生似梦，回眸澎湃心潮。

辛尝苦乐也逍遥，又是一年过了。

南乡子·岁月蹉跎感凄

夏去惹秋思，花逐风霜处处飞。

缕缕芳魂千百梦，何痴。不信春华心最知。

年岁似芳菲，疏雨斜风数百词。

回首俗尘无限事，迷离。岁月蹉跎忽觉凄。

钗头凤·美哉中华诗词

诗犹酒，词如柳。摄魂勾魄心弦扣。楹成对。曲相配。百花齐放，众英争萃。慰、慰、慰。

良师友，文斓绣。韵弥香漫诗虫诱。音谐美。仗工丽。声律严谨，耐人寻味。醉、醉、醉。

西江月·学海放舟

昔日悲离母校，今朝端坐书堂。

无涯学海斗波昂。誓达文洋岸上。

莫道夕阳西下，余晖绚丽仍长。

勤耕磨砺隐锋芒。美景温馨共唱。

江月晃重山·触景抒怀

凋叶痴心未改，娜飘仙似挥绸。

醉铺群岭掠双眸。融尘土，呵卉护花柔。

放眼神怡意暖，遥思花甲春秋。

虔祈身健体无忧。全家乐，白发泛馨舟。

江城子·怀揣愿赋今朝

秋风瑟瑟雨潇潇，瓣凋凋，叶飘飘，碧树妆成，
垂柳摆柔腰。北雁南飞声切切，穿雾霭，破云霄。

夕阳光焰似燃烧，映霞娇，沁虹娆，醉了蟾宫，
含媚挂枝梢。梦欲放飞魂已动，怀揣愿，赋今朝。

鹧鸪天·夕阳

曲赋诗词书画研，修身养性惬怡间。

遨游墨海搏涛浪，漫步文苑笑面颜。

挥大笔，展宣笺，馨香笔墨伴流年。

夕阳渐落晖仍绚，灿烂从容羡众仙。

鹧鸪天·感寒冬

一股寒流肆虐中，鱼游水底鸟无踪。

潇潇冷雨凌千卉，凛凛严霜侵万丛。

梅羞绽，韵馨融，丹灵冉冉傲长空。

寒临深处春将近，明岁青阳别样红。

鹧鸪天·悼袁隆平、吴孟超院士

国士双星天妒尤，全民同悼泪眸流。

苦研水稻忘饥寐，医学勤攻不愿休。

腹饱梦，体康求，农医仁父解民忧。

无私奉献恩深厚，史册名存万古秋。

袁隆平、吴孟超是杂交水稻之父和肝胆外科之父。

鹧鸪天·惬咏

兴至思吟惬靠栏，披肩不胜早春寒。

韵搜虽苦苦中乐，仗捕尤艰艰里攀。

声律杂，仄平繁，诗虫不厌改频删。

咏来拙作心仍喜，即使眸酸亦感欢。

鹧鸪天·咏春风

执笔春姑谱妙诗，桃夭李艳惹人痴。

翱空鸿雁排人阵，穿柳黄鹂秀玉姿。

红阳照，彩云归。群星捧月引遐思。

吟诗作赋添豪气，不改初心愿梦驰。

鹧鸪天·清明节姐妹一同去扫墓

心急如焚到墓前，犹闻亲语见慈颜。

敬呈供品烛香点，恭献花篮摆酒烟。

情切切，泪涟涟，上坟何故没烧钱？

哀思无尽诗词寄，感念恩深枕泪眠。

21 年清明节，三山陵园规定不能在公墓烧钱。

卜算子·秋思

不觉又逢秋，菊艳枫如血。

凋谢群芳悲落红，枯叶枝愁别。

光阴屠韶华，面镜窥悲切。

一朵兰花伴夕阳，墨海遨不歇。

木兰花令·望星空

夜半万家灯已熄。寂静微风声也晰。

难入寐，倦披衣，仰观天空追往昔。

少时错把时虚度。此刻悔悲惭不住。

惊眸划过瞬流星，短暂人生方知悟。

念奴娇·永泰美庄寨

群山含黛，碧空云如幻，斑斓霞彩。潋滟澈湖鱼舞载，吐艳青梅花海。蝶恋花追，蜂迷粉采，垂柳柔腰摆。风光无限，敢超瑶界永泰。

建筑装饰奢华，人工巧匠，妙构奇思骇。画栋雕梁摹古代，历史悠悠承载。福建明珠，神州闪耀，何等之豪迈。情迷神往，梦临仙境庄寨。

一落索·蜡梅

雪伴霜风飘吼。水凝冰厚。

景区萧寂没人行，无影飞禽兽。

莫叹千绦枯瘦。群芳凋陋。

蜡梅花绽万枝红，赢领风骚首。

鹊桥仙·修身养老

钟鸣起早，梳妆打扫，营养晨餐吃好。

素荤佐料买齐全，清理毕、锅台围绕。

吟诗作对，画兰临蕙，书写挥毫歌蹈。

辛劳苦乐伴一生，终赢得、修身养老。

念奴娇·触景忆往事

寒霜冷露，雨狂风凛冽，雪花飞舞。瀚海江湖河锁雾，直下飞流冰布。海上飞鸿，空中翱雁，结队朝南赴。江山如画，蜡梅枝缀绽怒。

昔景记忆仍清，闽冬也冷，常见零温度。不晓何年寒日少，夏季愈加炎暑。户外民工，堪称最苦，腰折弯无数。儿时冬景，恐难如愿重睹。

卜算子·西湖

翠柳舞春风，湖泛波千顷。

蕾绽含羞款款情，楚楚摇清影。

皓月耀长空，璀璨星呼应。

一叶轻舟忽驶过，击破嫦娥镜。

鹧鸪天·春节感怀

焰火冲宵不夜天，红尘梦里度流年。

一生甚短初心远，半世虽跎薄体安。

结雅士，继先贤，勇迎墨浪斗诗澜。

敲音研律挥椽笔，醉赏残阳意似兰。

一剪梅·元宵抒怀

火树银花不夜天，锣鼓铿锵，歌舞翩翩。烟花
璨璨撼姮仙，喜庆元宵，笑语欢颜。

冬奥健儿志更坚，技艺超前，精彩连连。情怀
友谊竞头魁，合并寒酥，一体缠绵。

卜算子·红叶

瑞雪送福来，红叶迎春到。

雪柱霜凌万丈冰，傲立枝头笑。

娇也不争芬，艳压群芳耀，

不是奇葩更胜花，谢题诗还俏。

鹧鸪天·登高拍景

拍照登高上顶楼，风光无限掠双眸。

飞蓝墨色云犹缎，溢彩橙光霞似绸。

养眼润，醉脾柔，欢欣阵阵涌心头。

夕阳璀璨余歌奏，欲与朝曦竞上筹。

行香子·学格律诗词

格律诗词，知晓精难，莫想一步可登攀。

无涯学海，有路书山。定苦为舟，勤为径，习为安。

莫言花甲，残阳渐下，绚丽余晖美仍姗。

孤灯伴影，堆纸如山。誓达文岸，承文化，绣文斓。

霜天晓角·盼月圆

中秋夜晚。星空如诗幻。

俗子谁无向往，美遐想、虔祈愿。

感叹。天浩瀚。蟾盘常剩半。

月有阴晴圆缺，知此理、圆总盼。

青门引·题短视频

万物春来醒。千蕾吐芳相竞。

飞鸿振翅啸长空，燕鸣翠柳，大树却期静。

天湖一色相辉映。月亮摇清影。

远方快艇划过，骇眸击破蟾宫镜。

祝英台近·游园偶得

逛西湖，游左海，美景是一路。灼灼红梅，桃溢
韵香吐。千绦美秀柔腰，婀飘楚楚。享惬意、阳光心驻。

望飞鹭。空中人字行书，历尽险艰苦。展翅雄鹰，
犹箭越云雾。似虹气势多娇，风光无限，意难禁、讴
歌诗赋。

忆秦娥·寒露偶得

寒露骤，无眠长夜频回首。

频回首，半生也坷，虹在霖后。

情怀梦想初心守，习书临画诗情构。

诗情构，丝丝入扣，精神昂擞。

南乡一剪梅·题图

春雨润牵枝，戏水红鱼吻柳丝。

缕缕柔风苏万物，蜂恋痴痴，蝶恋痴痴。

弯月幻云追，暗淡苍穹忆少时。

璀璨星空犹在眼，心梦飞飞，诗梦飞飞。

洞仙歌·冬奥会抒怀

西山脚下，梅花香弥漫。盛会开元亿人盼。福墩萌、重点圣火燃烧。五环烁，华夏高科尽展。

放飞妍梦愿，逐鹿群雄，为竞头魁苦勤练。不惧肢体痛、志韧心坚，终赢得、金牌灿灿。国旗闪、莫要羡殊荣，谁能晓、天天似霖挥汗。

长相思·西湖即景

千卉娇，百卉娇，鹂雀穿枝唱美谣。霖珠挂柳梢。

水遥迢，云遥迢，展翅飞鸿冲宇霄。欲和天比高。

长相思·咏芍药花

绽芳菲，吐芳菲，妖艳红装沐日辉。含羞美贵妃。

蝶儿追，蜂儿追，慕粉迷香涎已垂。吻花无数回。

长相思·题图·柔风细雨

风绵绵，雨绵绵，滋润群芳别样鲜。香迷紫殿仙。

彩云翩，红霞翩，叠翠青山湖泛涟。九州铺锦妍。

长相思·题图·桃杏柏竹

桃花红，杏花红，鹂舞莺歌赞丽容。诗人美赋中。

柏葱茏，竹葱茏，节节攀升冲碧空。画家临俊容。

长相思·迎春归来

云逍遥，日逍遥，青柳迎春分外娆。含羞媚扭腰。

李花夭，桃花夭，百鸟枝头哼美谣。锦书鸿雁豪。

长相思·欢庆新年

迎新年，庆新年，团聚欢杯祝寿延。全家喜笑颜。

焰冲天，炮冲天，万朵花开惊众仙。九州书锦篇。

长相思·周钦尧画老人像

面满纹，眼满纹，深坎深沟似刻痕。惊观伤感人。

态传神，眸传神，画技一流临逼真。妙图飘韵醇。

长相思·健体强身防老痴

鬓满霜，发满霜，年老容衰泪欲汪。眸干眼泛黄。

赏风光，沐阳光，健体强身痴老防。吉祥康寿长。

长相思·题己照

俏丽苞，艳丽苞，千朵奇葩羽绣袍。疑忘岁已高。

苦愁抛，烦愁抛，落日渐西仍续烧。夕阳分外娆。

长相思·感格律诗词

律诗词，难诗词，音仗难搜己最知。不忘愿梦痴。

久坚持，恒坚持，水到渠成丝扣丝。学园花一枝。

长相思·有感岁岁迎新年

新年迎，贺年迎，新岁年年一样情。虔诚祷太平。

黑丝盈，白丝盈，最后银丝凋谢零。笑迎心不惊。

长相思·西湖即景·花语

咏花娇，颂花娇，不晓奴家己貌娆。窥灯镜感豪。

月藏霄，星藏霄，万鲤千莺惭影遥。岂悲芳韵凋。

西湖花圃间的灯光与落在玻璃灯罩上的花相映，像花在照镜子。

长相思·咏蜗牛

背屋行，带屋行，身负千斤险历经。思赢就得拼。

你言轻，众言轻，自晓非轻光乃莹。厘厘足印晶。

长相思·题图·哺育

饿凄凄，叫凄凄，雏燕嗷嗷待哺饥。防寒羽翼稀。

别依依，离依依，往返千回辛不知。鸟妈情也痴。

长相思·林锦如老师寿字

一笔收，连笔收，毫走龙蛇劲中柔。挥毫愿渐酬。

纸如绸，宣如绸，墨沁香飘醇韵留。德高仁者讴。

长相思·穿凉拖走模特步

夕阳娆，晚阳娆，一袭深红长款袍。登台步仿猫。

藐龄高，忘龄高，自信书眸眉宇梢。着拖仍不糟。

2018 年长乐一日游，临时被"抓"上台走秀，穿凉拖走猫步。

如梦令·夕阳

幻影湖光植翠，五彩斑斓如绘。渐落下余晖，
无限夕阳光璀。陶醉，陶醉，明起阳光遍缀。

长相思·赏花抒怀

瓣似绸，叶似绸，清雅玲珑妩媚柔。千姿眼底收。

嫩滋眸，娆滋眸，赏罢还疑香韵留。境妍难咏讴。

西湖赏百花，情不自禁得此词。

长相思·荷塘夜色

千卉鲜，百卉鲜，珠缀花芯梦幻间。清幽妩媚添。

柳翩跹，风翩跹，澈水清波三彩涟。月光娆更妍。

长相思·西湖戴口罩的一对舞者

喜欢歌，悦欢歌，悠步随音舞乐呵。安除罩却奢。

曲柔和，声柔和，优雅身姿轻似荷。尚忧菌亿颗。

如梦令·庭院

庭院深深幽静，鸟语花香影映。果缀满枝头，
歇息亭台天井。尽兴，尽兴，似入梦乡仙境。

长相思·刘、杨老师

情痴痴，意痴痴，才德并兼美帅师。无尝识授之。
爱无私，情无私，满苑李桃心最知，两眸珠泪垂。

"刘、杨"指刘萍、南山客老师。

长相思·西湖即景

香飘飘，韵飘飘，花绽幽姿妩媚娆。盈枝欲折腰。
水迢迢，风迢迢，一叶孤舟悠荡漂。岂知途甚遥。

长相思·题梁帆老师书法竹与飞

微风吹，凛风吹，摇曳干柔妩媚姿。承阳沐月辉。
雨霜摧，冰霜摧，正直虚心妍梦追。节高腾旻飞。

249

长相思·无题

儿骄骄，女骄骄，儿女骄骄绪似潮。全家喜乐陶。

日昭昭，月昭昭，日月昭昭追梦娆。脸书眸写豪。

长相思·题图·盼归

柳翩跹，燕翩跹，飞蝶迷花恋粉鲜。群芳朵朵妍。

眼望穿，眸望穿，别去经年无信传。盼君家早还。

长相思·题杨立松老师书法

墨香稠，墨黏稠，流水行云媚银钩。挥毫盛世讴。

纸绵柔，意绵柔，凤舞龙飞惊润眸。激情歌九州。

相见欢·观书画摄影展有怀

群英荟喜盈盈，满豪情，墨宝骄丹青艳，摄影馨。

蓝图绘，梦愿遂，羡仙凝。讴盛世辉煌赞，撼心灵。

长相思·西湖

花妖妖，蕾妖妖，镶玉绦垂万万条。莺萦戏语撩。

水迢迢，路迢迢，一叶游船湖上漂。客观风景娇。

长相思·题图·山花

霞似绸，雾似绸，仙境犹遗镇岭沟。山花点点头。

草温柔，云温柔，秀丽风光难颂讴。韵滋心沁柔。

长相思·小学师生久别重逢

时匆匆，岁匆匆，圩载分离喜相逢。汪汪热泪瞳。

意浓浓，情浓浓，高岁恩师行似风。学生欣慰中。

诉衷情·题图·西湖小荷塘

枝娜，摇朵，蓬睡果，蝶翩翩。诗已堕，如火，

点词田。玉碟衬花颜，娇妍。鱼嬉尝藕鲜。羡妲仙。

浣溪沙·秋日抒怀

尽染层林耀九州，离乡北雁梦仍柔。
落花明岁更惊眸。莫道秋霜盈满鬓，
光阴沉淀寿增筹。感恩岁月莫怀愁。

浣溪沙·中秋咏怀

炮点焰燃天欲烧，礼花绽艳特妖娆。
家家团聚乐陶陶。曼舞轻歌讴盛世，
吟诗对月举杯邀。玉盘醉落挂枝梢。

浣溪沙·漫步荷塘

羞倚玉盘荷似仙，凌风绽放舞翩跹。
绿裙青服衬红颜。淡雅飘香迷蝶恋，
芳姿曼妙使蜓怜。出泥仍洁撼云天。

浣溪沙·醉入梦乡

金菊花开遍地黄，无边碧宇任鸿翔。
缀枝硕果溢醇香。木制长廊悠漫步，
魂牵骚客意飞扬。醉吟诗赋梦馨乡。

浣溪沙·观图感怀

何处飞枝挂碧空，恋蜓引至戏葩中。
花开结果获双重。天上云霞无一片，
凡间花植去无踪。衷肠尽吐爱浓浓。

浣溪沙·秋千美女

一袭长裙乌发飘，随风荡起笑声娇。
心怀梦想向云霄。一切烦愁皆扫去，
自然融入此逍遥。身轻似燕面如桃。

浣溪沙·西湖赏春

一夜春风入万家，复苏万物绿无涯。
争鸣百鸟立枝丫。岸上迷观桃似缎，
园中痴赏卉如霞。神怡眸润放心花。

浣溪沙·金秋惬赋

款款秋风漫没涯，红枫金柳醉千家。
撩人雅兴百思遐。醉看西湖如画景，
东篱欣赏菊如霞。情牵骚客绽诗花。

浣溪沙·春光

细雨绵滋植万株，柳睁萌眼百鹏呼。
风光灿烂醉脾酥。紫燕衔泥巢细垒，
青绦拂面旷心舒。无边丽景美春图。

浣溪沙·醉清秋

黄菊红枫掠眼眸，北飞鸿雁念乡柔。
柳金竹绿醉清秋。落叶凄凄秋已老，
凋花楚楚别枝愁。夕阳依旧照神州。

浣溪沙·稚趣难寻

风拂青绦奏绮琴，清湖红鲤是知音。
轮回节序古来今。一朵凋花知岁老，
几枚枯叶感思深。儿时趣景已难寻。

浣溪沙·十月金秋

飒飒西风金色秋，清风朗月一弯钩。
枫红尽染耀灵眸。莫道今秋千瓣落，
明春依旧百花柔。顺从天意莫须愁。

浣溪沙·清秋

百菊千枫竞韵优，层林尽染彩云悠。
长空列阵雁声留。夏日炎炎终去也，
秋风爽爽沁心柔。翩翩金柳媚含羞。

浣溪沙·夕阳美

含黛青山尽翠微，西湖漫步赏芳菲。
翱鸿展翅彩云追。韶岁虽消春尽失，
仍怀绮愿梦皆飞。斜阳灿烂媲朝晖。

浣溪沙·诗心驿动

漫步西湖惬意悠，风光无限景幽幽。
争鸣百鸟万花柔。鸭鹅戏水展翅鸥，
鹂莺绕柳舞丝绸。诗心驿动赋诗讴。

浣溪沙·漫步西湖

暖暖阳光楚楚风，满园春色醉灵瞳。
蜂飞蝶舞慕花容。婀柳衣牵心欲醉，
骚人诗赋意尤浓。夜间几度梦魂融。

潇湘神·咏竹

冲九霄，冲九霄，哪知五载长稍稍。

一袭绿衣姿挺拔，风侵霖打不折腰。

潇湘神·枫叶

枫叶红，枫叶红，激情似火意尤浓。

莫说落红无意物，春泥终化护花容。

赤枣子·桃李笑

桃李笑，柳丝翩，难怪春色别般妍。

疑入梦乡仙境里，寻芳觅韵意朦绵。

赤枣子·西湖即景

云梦幻，湛蓝空，纤绦婀柳舞东风。

桃媚李夭迷彩蝶，黄鹂鸣翠写人鸿。

潇湘神·思亲

绵雨丝，绵雨丝，泪珠滴滴寄哀思。

欲诉内心思念苦，无边遗憾已才知。

潇湘神·羞花

丝柳柔，丝柳柔，露珠点点吻花羞。

细雨暖风滋百卉，清波流绿荡轻舟。

赤枣子·游子情

波泛彩，柳丝翩，青山含黛锁云烟。

鸿雁锦书传捷报，思乡游子喜开颜。

赤枣子·弯月如钩

花楚楚，柳柔柔，水邀明月曲如钩。

远处笛声情切切，追思往事泪盈眸。

醉公子·逸趣

吟诗生惬绪，临兰添逸趣。

仿佛返韶姝，红颜柔发乌。

莫言花甲女，眼涩蹒跚步。

修性养身舒，斜阳美不辜。

如梦令·思亲

夜静亲尤思念，眸现温情慈脸。

心海泛涟漪，是喜是悲难辨。

思念，思念，这辈双亲情欠。

清平乐·六一儿童节有怀

六一共度，当数儿孩乐。

暂避读书欢似雀，眼笑歌哼跳跃。

尽兴玩耍天伦，幸福尽享时珍。

但愿天天快乐，保持该有童真。

生查子·寅春

寅岁过大年，叹息绵绵雨。

宅家做诗囚，泼墨挥毫舞。

总算天放晴，争秒欣相聚。

吟诵赋高歌，佳期没辜负。

如梦令·古巷

鹅卵青砖幽巷，苔绕墙边萌样。

雨后土飘香，痴赏客心漪漾。

联想，联想，历史布衣兵将。

清平乐·题图·瀑构丽人

飞流直下，化作娇娘嫁。

素裹银装纱淡雅，凄冷更含潇洒。

何时伉俪鸳鸯，愿遂圆梦飞翔。

比翼双双漪漾，爱河永沐无疆。

清平乐·盛夏暴雨

风云突变，暴雨加雷电。

洒向人间凉一遍，缕缕清风再现。

酷似飞向天空，直到宇殿寒宫。

清爽收成一片，幸福胜过仙翁。

少年游·能老感天恩

夜深往事屡重温，百绪闯心门。

儿时无愁，成人烦恼，甜苦总销魂。

光阴似箭纹满面，珠涩倦疲身。

不应郁闷，理当高兴，能老感天恩。

玉楼春·苏翊鸣晋级决赛

佩镜戴盔遮半面，旋影如风观骇眼。

顶寒迎雪比谁强，矫健身姿轻胜燕。

酣汗如浇勤苦练。梦织初心恒不变。

情怀奥运竞头魁，为国争光春尽献。

清平乐·千里江山图

丹青重现，绮韵惊眸眼。

千里江山图红遍，神赐天才不见。

绝画千古垂香，英名万代流芳。

孤作艳超两宋，希孟含笑天堂。

山花子·月宫美嫦娥

暗淡星光夜色寒。月圆月缺桂花残。

遥想昔情肝胆裂，泪潸然。

不老仙身何足羡，清辉孤影冷蟾盘。

误入玉宫深似海，下凡难。

玉楼春·苏翊鸣喜摘银牌

击水搏涛穿浪燕，振翅翱鹰威尽显。

熊熊祥火鸟巢燃，闪闪红旗台上展。

赛道冰飞惊众眼。天上身旋抛曲线。

如虹气魄势何骄，全为中华情一片。

秋风清·嫦娥

蟾宫冷，寒夜长。

玉兔伴姮娥，桂花凝冷霜。

凭栏遥望馨乡远，泪眸眷念愁怀伤。

如梦令·夜思父母

无寐夜深黑暗，往事浮眸觉憾。

脑海泛涟漪，情到心头悲喊。

伤感，伤感，隔界双亲难探。

水调歌头·今昔星空

无眠叹长夜，举目数繁星。凝思儿昔，疑似星石褪光晶。点点莹莹光弱，冷冷朦朦色暗，空气欠新清。诗仙若还在，灵感都难盈。

雾霾漫，洪灾滥，倍觉惊。几多感慨，奋击机幕诉愁情。呼唤苍穹还昨，更待蓝天今续，辉伴玉盘明。云沁霞光耀，遐想畅扬馨。

秋风清 · 姮娥

星光幽，冰兔柔。

一盏桂花酒，嫦娥孤饮愁。

蟾宫凭瞰掀千绪，胆肠寸断鲛珠眸。

如梦令 · 丽人赏花

脸写温情似水，香沁心脾陶醉。

惊艳丽人娇，俯首花王羞愧。

媚蕙，媚蕙，疑似天仙尘坠。

满江红 · 元宵节随感

户户团圆，欢碰盏、激情顿起。灯劲闹、抢珠狮舞，
扭秧欢戏。锣鼓喧天摇碧宇，冲霄炮焰惊仙涕。靠栏望、
尘世猛腾飞，鸿篇启。

观灯展，针插挤。肩上子，真欢喜。万姿灯绚丽，
酷萌无比。尘世天伦欢乐享，天宫寂寞孤愁矣。美嫦娥、
丹药咽成仙，悲难已。

南歌子·题图

绕柳莺歌沸，穿绦燕语频。

蜂蝶吻花唇。丽人凝远久，思何人？

捣练子·雅俗相牵

花似梦，柳如烟。花甲光阴一瞬间。

酱醋油盐庸不厌，曲诗书画雅相牵。

长相思·清明祭祀

凄风飞，冷雨飞，心急如焚似箭归，

坟前祭泪垂。唤爹回，呼娘回，

只有风声肝欲摧，杜鹃哀泣徊。

忆江南·题图·竹排江驶未见波

馨画面，暖意沁心窝。嫩叶吐青天半挂，

竹排江驶没临波。奇想是多多。

南歌子·馨景

作赋吟诗惬，挥毫泼墨醇。

馨景再重温。放飞心绮梦，自销魂。

桂殿秋·夏夜公园

游左海，逛西湖。熏风拂柳蟪欢呼。

妖娆夜色吟成曲，闪烁霓灯漫韵姝。

长相思·手足情深

情浓浓，意浓浓，千炼亲缘脉共同，

温馨满笑容。血相融，水相融，

姐妹情深山九重，感恩心溢中。

忆江南·福州西湖我曾经的家乡

西湖好，比翼鸟飞翔。沐日群芳红似火，

临湖丝柳媚轻扬。能不忆家乡。

潇湘神·咏竹

青竹枝，青竹枝，五年埋伏意痴痴。

似见笛声如泣诉，思乡游子泪眸垂。

桂殿秋·题图

花样貌，楚腰妍。红枫捡片题诗篇。

余生不作悲凉赋，岁月如歌展笑颜。

渔歌子·书画展览

栩栩丹青漫韵幽。其境如临画里游。

仙殿步，梦乡留，意醉情迷做词囚。

浣溪沙·西湖赏春

三月西湖春意浓，湖光山色绽桃红。

流连游客醉芳容。风拂柳飘千鸟唱，

蜂飞蝶舞百葩丛。花仙邂逅梦乡中。

桂殿秋·秋心

荷蕾尽，菊韵长。蟪蝉已老断蜂肠。

红枫一叶知秋至，久泊江舟正启航。

桂殿秋·秋绪

风拂袖，柳亲庞。横空雁阵菊含香。

枫燃似焰情如火，醉梦诗乡绮韵长。

渔歌子·母子分别

缕缕冷风雨丝丝。愁绪怀盈泪似飞。

千叮嘱，意痴痴，一声笛响已相思。

浣溪沙·看图题诗

橘缀柿牵赖韧枝，桂娇菊艳婀娆姿。

弥香吐韵沁脾滋。楚楚飞鸿书一字，

纷纷落叶泪千丝。离愁别绪有谁知。

卜算子·女足夺冠

冬奥铸精神，中华姑娘俏。

一脚临门展雄风，不让须眉傲。

台上领金杯，难抑心频跳。

星烁红旗别样红，热泪含眸笑。

卜算子·梅雪争春

雪落舞纷纷，冰缀枝沉负。

挺雪迎风怒绽芬，无叶群蜂护。

笑傲冷严冬，艳压群芳谱。

不是春天更胜春，谢荽香如故。

画堂春·题图

百花弥韵草青青，柳丝吐翠藏莺。

雀鹂枝上美歌萦，榴赤萌玲。

蛙鼓池间欢曲，醉闻片片飘萍。

华灯初上夜光馨，捧月群星。

卜算子·赏景偶得

澈水荡轻舟，翠柳纤绦娜。

醉赏黄鹂唱美谣，诗兴燃如火。

畅咏群山娇，美赞千花朵。

花谢花开几枯荣，万事皆因果。

卜算子·漫步西湖

漫步在湖边，碧水轻舟锁。

看遍桃红李白开，偶有闲情作。

醉赋九州骄，惬绘群芳朵。

笑看枯荣有几篇，句句馨流过。

清平乐·秋日抒怀

潇潇风雨，落叶千千许。

北雁南飞皆不语，多少思乡愁绪。

尘世过往云烟，烦恼抛掷九天。

欣赋佳词一首，逍遥惬意如仙。

鹧鸪天·西湖赏菊

悠步迷观菊绽苞。斑斓五彩映云霄。

如绸瓣卷衔珠叶，似酒香飘摆素腰。

容百媚，韵千娇。诱人驻足客心撩。

此花开尽无花艳，情动魂牵诗似潮。

鹧鸪天·福州漆器

漆器琳琅展满楼，风光各异竞头筹。

迷观痴赏滋脾肺，忘返流连润眼眸。

销魂醉，沁心柔，光滑面上似丝绸。

精工细作高超技，走向全球誉九州。

江城子·有感十月寒秋

寒秋又至菊花黄。雁离乡。往南翔。绦舞枫柔、

五彩桂花香。落叶凋花摧蝶梦，临悲景，感凄凉。

追思憾事惹愁肠。忆添伤。念情长。尘世无常、

把握现时光。曲画诗词书苑步，珍余岁，伴残阳。

鹧鸪天·夕阳无限

无疫寒冬送暖阳，诗书画曲度时光。

铺笺落墨醇香醉，执笔吟怀绮韵长。

赏美景，赋华章，兰花绽艳一枝香，

夕阳无限风光美，淡定从容醉梦乡。

鹧鸪天·一曲同歌

三月阳春沐暖风，桃妖杏媚映霞红。

柔柔花瓣滋心肺，楚楚芳姿醉眼瞳。

莺摇幔，雁翱空，阳光照水彩漪融。

登枝百鸟佳谣竞，一曲同歌韵不同。

江城子·观西湖金鱼展

撒娇耍酷卖萌中。鼓灵瞳。腹圆隆。憨胖嘟嘟、五彩绚玲珑。鳞致犹雕肤似缎，悠自在，乐逍融。

盆培池养塑娇容。媲神工。鬼刀同。辛苦乔迁、又缺草珊丛。造福世人无怨悔，情挚挚，意浓浓。

271

秋风清·春光

风婆娑，吹皱波。

雀鸟绕青柳，鹂莺哼美歌。

园中蜂蝶何欢舞，意迷此地奇葩多。

秋风清·春桃

绦丝柔，鹂雀讴。

紫燕织帷幔，清波编锦绸。

殷殷桃绽含羞媚，瓣娇叶嫩犹绫柔。

秋风清·秋菊

秋风呼，金菊苏。

不惧冷霜袭，清香奇韵姝。

东篱漫步心怡旷，似绸瓣叶滋眸舒。

秋风清·花开花谢

东风翩，甘露绵。

万物已苏醒，蜂萦千卉园。

春来春去花开谢，自然顺应平安年。

秋风清·春雨

东风柔，春雨稠。

百卉嵌珠媚，群芳滋眼眸。

骚人情系诗心醉，画家意动丹青酬。

秋风清·胜景

甘霖丝，牵柳枝。

锦鲤窃私语，鸳鸯嬉水痴。

还疑身置蓬莱境，意牵胜景飞佳诗。

秋风清·风光

山巍峨，清澈河。

大雁渡星汉，霞云玄幻多。

千丛蜂舞迷花醉，百鹂绕柳欢吟哦。

秋风清·湖岸风光

莺歌绵，杨柳翩。

紫燕巧编幔，岸桃犹抹胭。

痴观红鲤迷花艳，纵身一跃涛鸣溅。

一七令·诗

诗。

庄重，珍瑰。

声律琢，仄平思。

敲音细细，入扣丝丝。

能修身练脑，可养趣增知。

把盏高歌惬意，铺笺豪咏情痴。

弦扬文化千秋盛，国粹传承愿梦驰。

一七令·题花图

芳。

绽媚，弥香。

金沁赤，白镶黄。

妍竞霞彩，艳胜葩王。

含苞羞答答，承露嫩汪汪。

像冷夜中火炬，热流涌上心房。

犹看到美丽春色，似拥抱灿烂曙光。

一七令 · 词

词。

妩媚，瑰奇。

音起伏，韵飞驰。

风景如画，意境犹诗。

常填增信念，勤习涌才思。

推动中华文化，传承国粹真知。

随唐步宋六年整，魂牵梦绕意更痴。

一七令 · 芭蕾照

翩。

婀娜，娇嫣。

观眸醉，赏心牵。

奔放似火，飘曳如仙。

玲珑尖指巧，柔滑薄裙妍。

劲舞颂扬丽景，高歌赞美春天。

欢曲支支心扉展，美愿满满绕胸间。

一七令·世上人

人。

本善，心真。

谋生计，苦劳奔。

安身立命，立业成婚。

情怀馨愿梦，意念至亲温。

成败喜悲终老，是非贫富归尘。

无奈回首万千事，倍叹蹉跎几十春。

一七令·咏春天

春。

愉悦，温存。

蜂追逐，蝶飞纷。

桃红弥韵，李白飘芬。

黄鹂穿翠柳，蓝鹊启朱唇。

竞艳海棠笑面，卖萌花果撩人。

似茶似酒赏心醉，如歌如画动诗魂。

一七令·咏兰花

兰。

淡雅，媄娴。

柔似缎，美犹绢。

芳姿娜娜，婀影翩翩。

韵弥惊魄眼，香漫醉心田。

即可耀登展馆，又能装扮斋轩。

不与群芳竞艳色，却引百卉羡妒言。

一七令·咏莲花

莲。

似梦，犹仙。

凌波媚，展芳妍。

身虽处浊，尘未染间。

沐阳添色丽，饮露嵌珠嫣。

雨洒蕾羞绽放，风吹裙娜翩跹。

画家情迷临雅韵，诗人意醉赋佳篇。

鹧鸪天·题图

夏至骄阳分外骄，云移犹梦倍娆妖。

草茵吐嫩千顷翠，花果含香万里飘。

蜓荷立，蝶葩撩，古亭影映水迢迢。

闲来漫步神仙境，愉悦身心兴致高。

鹧鸪天·秋景感怀

十月金秋分外娇，枫红似火映云霄。

霜临塘中荷惊色，风拂东篱菊扭腰。

鸟嬉戏，叶羞飘，缀枝硕果卖萌妖。

隔屏痴赏娇妍景，兴至诗成乐惬逍。

鹧鸪天·千首格律诗词曲集出版感怀

况味吟怀集雅篇，蹉跎岁月悔难言。

奇缘偶结诗书画，幽梦时牵墨韵鲜。

弘国粹，继先贤，榜样激励奋扬鞭。

晚年作品欣传下，圆梦时分心泛涟。

曲

牌

（中原音韵）

双调·庆宣和·高考

场上开锋比刃芒，十载寒窗。

捷报临门喜欣狂，庆幸，庆幸。

正宫·双鸳鸯·题图

桂飘芳，菊金黄，九月初秋稻正香。

孤鸟饥肠窗倦立，垂涎人类有丰粮。

双调·步步娇·清明祭

放眼三山心伤碎，父母思憔悴。悲久违，

把酒敬亲泪纷飞。梦乡归，缘续天伦醉。

正宫·塞鸿秋·题短视频

暖阳明媚柔风徐，悠闲观景欣几许。

枝头百鸟讴苍树，花间对蝶聆馨语。

鹭迷芦苇丛，燕绕绦丝柳，温馨情愫千千缕。

正宫·双鸳鸯·夜咏

夜蒙蒙，冷蟾宫，神秘星星眨眼瞳。

犹见嫦娥悲寂泪，乡愁一曲诉情衷。

中吕·喜春来·美村姑

明眸皓齿花衣服，乌发娇容粉嫩肤。

羞花闭月雁踪无，仙羡吁，好美一村姑。

中吕·喜春来·月下奇葩

蟾光喜沐花仙似，羞启朱唇饮露滋。

红颜酷似抹胭脂，骚客至，挥笔赋佳诗。

仙吕·游四门·结伴踏青拍美照

无边田野遍金黄，扑鼻菜花香。

温馨美景观眸醉，留影摆姿狂。妆，花甲似童王。

正宫·双鸳鸯·迎春

柳飘飘，水迢迢，妩媚迎春花扭腰。

丽景无涯魂已动，醉吟桃绽弄春潮。

双调·寿阳曲·咏立秋

秋欣至，夏瑟哆，暑炎消、众心怡豁，

风吹雨浇滋土沃。果含香、盼来丰获。

中吕·喜春来·鹊搭爱桥

汉河相隔情难诉，梦断天涯路已无。

痴情感动玉皇扶，鹊搭途，牛女眼鲛珠。

仙吕·游四门·题图·云构长龙

谁持巨笔绘蓝空，惊醒睡长龙。

一声吟啸腾空起，醉了众眸瞳。融，梦幻彩云中。

283

正宫·双鸳鸯·七夕鹊桥

水滔滔，月迢迢，相隔银河万里遥。

难诉相思牛女泪，多情喜鹊搭天桥。

正宫·双鸳鸯·夜步西湖

月光娇，幻云飘，漫步西湖律韵敲。

醉赏佳人模特步，大妈走秀扭柔腰。

正宫·双鸳鸯·光阴似箭

瓣凋凋，叶飘飘，冷雨霜风像利刀。

恰似光阴犹韧箭，时光老伯把谁饶。

正宫·双鸳鸯·无限风光

树葱葱，鸟萌萌，竞艳群芳万里红。

醉赏风光无限美，唱酬竞赋意浓浓。

正宫·双鸳鸯·荷塘月色

夜苍穹，月朦胧，曼舞罗裙菡丽容。
蛙鼓莺歌蟋奏曲，玉盘珠嵌醉眸瞳。

正宫·双鸳鸯·凌水荷仙

叶圆融，菡娇红，莲子蓬中睡意浓。
凌水荷仙姿窈窕，诗魂牵动醉吟中。

正宫·双鸳鸯·福州西湖

美西湖，胜仙图，八景风光润眼酥。
美丽传说添浪漫，神州赤县一明珠。

正宫·双鸳鸯·惬赏春红

沐柔风，赏春红，露润群芳妩媚容。
绿女红男歌浪漫，嫦娥俯瞰绪千重。

正宫·双鸳鸯·咏南天竹

嫩如脂，媚犹词，映日丹霞叠绿枝。

溢韵弥香亭玉立，满怀绮梦谱佳诗。

正宫·双鸳鸯·万物复苏

柳婆娑，雀穿梭，紫燕双飞筑暖窝。

雨润风滋苏万物，如诗如画宛如歌。

正宫·双鸳鸯·荷塘月色

月婆娑，照清河，摇曳罗裙妩媚荷。

戏水跳鳞蛙劲鼓，蓬中莲子嵌多多。

正宫·双鸳鸯·鸿雁传书

荡清波，舞婆娑，展翅翱翔渡汉河。

鸿雁传书情挚挚，婵娟千里美祥和。

正宫·双鸳鸯·一叶知秋

菊花鲜，桂花绵，玉柳金丝楚楚翩。

枫叶一枚秋尽染，江山如画美无边。

正宫·双鸳鸯·西湖之夜

柳丝飘，菊花摇，明月弯弯挂树梢。

湖上彩船传笑语，吟诗朗诵乐逍遥。

正宫·双鸳鸯·随缘随性

辞韶时，憾千丝，往事回眸惹万思。

富贵贫穷今看淡，随缘随性活成诗。

正宫·双鸳鸯·画兰感怀

蕙飘芬，韵弥醇，犹嗅香风沁醉人。

提按如流粗细叶，千姿百态媚牵魂。

正宫·双鸳鸯·题图

月光绵，百花鲜，结伴佳人美若仙。

曼舞轻歌姮姐羡，当年奔月悔难言。

正宫·双鸳鸯·秋容

瑟秋风，幻云空，大雁南飞瓣落红。

莫叹群芳凋逝水，且观秋果卖萌容。

正宫·双鸳鸯·诗情画意

媚桃花，笑枝丫，入水玉盘罩薄纱。

夜色幽幽添浪漫，诗情画意美无涯。

正宫·双鸳鸯·姐妹聚会

百花香，韵弥长，围坐露台赏月光，

碰盏欢杯佳茗品，谈天说地话家常。

正宫·双鸳鸯·吟春

燕声娇，幔轻摇，新柳抽丝媚眼抛。

彩蝶迷香蜂恋蕾，北飞雁阵写风骚。

正宫·双鸳鸯·咏春

燕姿妖，鹊歌娇，楚楚春风促云飘。

白李粉桃红杏媚，新妆翠柳秀苗条。

正宫·双鸳鸯·霜降风吹

雨潇潇，雾飘飘，霜降风吹万木凋。

莫叹晚秋萧瑟景，红枫尽染倍娆妖。

正宫·双鸳鸯·月色朦胧

卉娇容，溢香浓，露润群芳绽蕾红。

圆月含羞星眨眼，蟾宫姮姐影朦胧。

正宫·双鸳鸯·骄阳

烈阳骄，似燃烧，水稻高粱欲烤焦。

难怪百植恢复媚，甘霖一夜满园飘。

正宫·双鸳鸯·题图

柳柔飘，幔轻摇，无茎浮萍逐水漂。

一叶孤舟闲置桨，当知坎坷路还遥。

天净沙·老树风韵

皮粗干丑枝丫，叶凋花谢寒鸦，

历尽风霜韵雅。势宏姿绰，纵然身满伤疤。

正宫·双鸳鸯·花滑运动员特鲁索娃

貌妖娆，韧柔腰，满月弯弓射大雕。

陀似身旋滑蟹步，独门高技领风骚。

正宫·双鸳鸯·题图

赤枫柔，韵滋眸，含媚金英绽蕾羞。

热烈夏天匆别过，青丝渐退鬓毛秋。

正宫·双鸳鸯·题图

百花鲜，雁翩翩，吐翠苍松立岭巅。

如诉箫声抒壮志，征程踏上奋扬鞭。

正宫·双鸳鸯·桃花

柳青装，杏红裳，怎及夭桃五彩妆。

羞启朱唇含媚笑，纵然凋落韵仍长。

中吕·喜春来·题图·鲤鱼羡美荷花

亭亭荷立含娇润，款款情深漫韵芬。

虽出污土洁清身，鱼羡嫩，吻藕嬉花根。

正宫·双鸳鸯·荷舞

绿裙翩，锦裳跹，蛙鼓虫鸣鲤语绵。

明媚月光星闪烁，镶珠菡萏别般鲜。

中吕·喜春来·春景

群芳怒放香弥远，羡美黄蜂彩蝶翩。

燕穿韧柳幔精编，抬首见，鸿雁写佳篇。

中吕·喜春来·春图

东君携剪匆匆步，细构精裁万物苏。

惬观景色醉心酥，骚客赋，无限美春图。

天净沙·题视频·乡村景

鸡鸣狗叫牛嚎，小桥流水迢迢，

日落炊烟袅袅。林中倦鸟，月牙羞挂枝梢。

正宫·双鸳鸯·秋光

叶凋黄，朵消香，列阵飞鸿返故乡。

孤寂雀儿枝上立，欲与游客话斜阳。

中吕·喜春来·秋景

炎炎夏去秋风蔓，一叶枫红染万山。

嵌金玉柳秀娇颜，秋景灿，仙女羡凭栏。

中吕·喜春来·荷塘

镶珠翡翠圆盘俏，吻蕾蜻迷菡萏娇。

澈波映月水迢迢，星闪耀，游客赏魂销。

天净沙·题视频·咏秋分

风清露冷枫红，果牵枝上萌容，

桂菊花开韵弄。蝶蜂心动，锦书南往飞鸿。

正宫·双鸳鸯·儿时记忆

蔓攀墙，菜瓜香，围坐前庭好乘凉。

倚母膝旁听故事，温馨满满忆柔肠。

正宫·塞鸿秋·秋至感怀

暑消秋至潇潇雨，叶凋花落香如故。

嵌金玉柳翩翩舞，湖波潋滟凝烟雾。

抢收熟麦忙，汗透衣如注，萌萌秋果盈千树。

中吕·山坡羊·漫步西湖

群芳绽怒，千鹂啼树，夭桃红杏清新目。

荡清湖，欢嬉凫，藏莺翠柳翩翩舞，

意牵画家摹美图。景，美不辜；卷，绮韵驻。

中吕·普天乐·荷塘月色

睡莲香，仙姿妙。罗裙舞处，格外妖娆。

蕾绽羞，蜓撩扰，慕美青蛙欣欢跳。启宽唇、

高唱佳谣。痴心不改，冰轮笑了，心语难聊。

正宫·双鸳鸯·儿时木房

木楼房，井前方，绽艳芙蓉硕果香。

昔日温情浮在眼，依稀又见俺爹娘。

正宫·塞鸿秋·春种感怀

美桃娇李丁香馥，露滋青柳鹂莺驻。

蝶蜂羡艳萦花圃，春播水稻千农户。

盼来丰获欢，已忘艰辛苦，眉开眸笑欢歌舞。

中吕·山坡羊·国庆游园

银花火树，旗飘沿路，群芳妖艳滋灵目。

水中鱼，戏嬉凫，双双比翼翔天鹭，

醉观客吟诗句书。韵，美妙姝；节，惬意度。

中吕·普天乐·嫦娥俯瞰

暖馨风，葱茏树。莺歌燕舞，翠柳帘姝。

鸟语嘉，骚人赋，俯瞰嫦娥千般慕。眼鲛珠、

回想当初。温情幕幕，千头万绪，悲悔难书。

正宫·塞鸿秋·惬度余生

当年痛失求学路，每回忆起心甚堵。

既然悔药无寻处，且将懊恼东流付。

画兰写妙诗，舞墨余生度，逍遥自在神仙慕。

正宫·塞鸿秋·寅岁春寒

雪花如蝶空中舞，凛风霜瑟潇潇雨。

瞬间丽冻飞流布，严寒美现冰凇雾。

早春寒胜冬，虎岁呈威虎，寅年馨迈康庄路。

正宫·塞鸿秋·题图·诱人葡萄

果牵藤蔓攀篱附，夜滋晶露朝阳沐。

万珠闪烁葡萄树，勾魂美食迷归路。

勿言馋似猫，莫笑贪如鼠，佳人瞧也削风度。

正宫·塞鸿秋·感特鲁索娃花滑表演

一袭青服端经典，体柔腰韧娃娃面。

疾旋蟹步身轻燕，妖娆霸气神仙羡。

若鸿惊众眸，似羿拉弓箭，谁知还是丫头片。

后 记

　　"文章千古事，得失寸心知"。诗是文学瑰宝，是语言的精华，是智慧的结晶，是心灵的滋养。诗无论从感情、意象、语言，还是从结构和诗趣及音韵方面都是那么的精妙，它深深地吸引我，改变我，装点我的精神家园，让我感受到诗和远方就在生活中。

　　一个偶然的机会，让我接触到了诗。2011年是我女儿的本命年。为了图吉祥，在除夕这天，我想写一段文字赠给女儿，希望她能勤奋努力，工作积极，精进业务，不断进步，更希望这个兔年能给她带来吉祥平安，快乐健康！我写着，写着，忽然发现韵出来了，惊喜之余，趁热打铁，按七个字、七个字押韵地写，有生以来的第一首名为《除夕之夜赠女儿》的诗，就在不经意间诞生了。没想到这篇赠诗的"亮相"，竟给家里带来欢声笑语，其乐融融。我高兴！我兴奋！但更多的还是欣慰。也就是从那一刻起，我便爱上了诗。我废寝忘食地写，写家人、写家事、写人生、写随感，就像着了魔似的乐在其中。到 2012 年底，为了收藏记忆，我把自己所写的诗挑出 150 首来，结集成本，成了永远的记忆。

2017 年 6 月，我看到自己所写的诗虽然朗朗上口，韵味浓，但都不成格律，于是有了学写格律诗的欲望。我深知格律诗难写。一首格律诗的每个字是用平声，还是仄声，都是有讲究的；还要一韵到底，律诗的颔联与颈联都必须对仗，同时词性还要一致等等。在这些格律的条条框框、声规标准的约束下，便有了"写格律诗就像戴着脚铐在跳舞"一说，尤其用典用事，真正做到"如水中著盐""化典无痕"，真的是难上加难。我看到不少诗歌爱好者对学写格律诗望而却步。我虽然也望而生畏，但还是不甘心让自己的诗停留在原来的基础上。2017 年 6 月，我买了两本有关学写格律诗的书，在家慢慢啃、细细学、狠狠钻，渐渐地消除了对格律诗的神秘感和艰涩感。学了格律诗后，我又继续学写格律词和格律曲。词和曲也同样有格律的条条框框、声规标准的约束。功夫不负苦心人，经过一番努力后，我终于有了提高。于是，我开始分享我的诗词，不断地把它发到了我的朋友圈和各个群。2019 年 7 月，我的朋友看到我发的格律诗词后，发现我和她一样热爱诗词，就把我拉进了诗群。在群里，诗友们互相分享、互相切磋、互相鼓励，形成了很好的学习氛围，让我收获满满。

诗词创作贵在自标灵采，独出己意，有感而发，为情造文，努力做到我笔写我心，我诗抒我情，真正做到"托象以明意"。

不知不觉中，自 2011 年除夕偶得第一首诗至今，已有十三年的时间，其中格律诗词曲也学七年了。在这十三年的时间里，共写了三千首，其中古体诗、叙事诗、现代诗、藏头诗、宝塔诗、接龙诗等写了一千七百首，格律诗词曲写了一千三百首，现选出格律诗词曲一千零三十首，结集成书，分享给亲朋好友。今后我会继续提高自己的文学素养，让自已在有限生命中徜徉于古诗词的无限优美意象中，让最美的诗词伴随我度过最美的余生。因文化水平很有限，我的作品难免有谬误，期待各位方家指教，先谢谢了！

官兰贞　2023 年 10 月